小鈴危一
Illust. 夕薙

強 の 世界 記 1

～下僕の妖怪どもに比べてモンスターが弱すぎるんだが～

モンスター文庫

「召命――《管狐》」

ユキ
【管狐】
「ハルヨシさまぁ――――ッ!!」
セイカ・ランプローグ
(ハルヨシ)
【陰陽師】

「こ、今夜はわたし……こっちに来た方が、いい?」
イーファ
【奴隷】

アミュ
【学生】

「……いいわよ」

CONTENTS

※和歌監修…大辻隆弘

最強陰陽師の異世界転生記～下僕の妖怪どもに比べてモンスターが弱すぎるんだが～①

小鈴危一

序章

――どうしてこうなったのか。

平安の怪夜。

燃え落ちていく屋敷の中で、死に瀕(ひん)するぼくはそれだけを考える。

呪符たる人形(ヒトガタ)のほとんどを失い、式神はすべて封じられた。

切り札の鬼神(きしん)も倒された。その骸(むくろ)は屋敷を潰し、今も青い炎を上げ燃えている。

左腕を失った。もう完璧な印は結べない。

肺は煙で焼かれ、真言すら唱えられない。

歴代最強の陰陽師と称(たた)えられ、『百鬼夜行』『生ける地獄門』と恐れられ、年若い姿で百年を超える歳月を生きたぼく。

その末路がこれだった。

幼い頃から力を求めた。それさえあれば、何も失うことはないと思ったから。幸せになれると思ったから。

望み通りに力を得て、ぼくは最強になって――――そして、すべてを失った。

謀略と裏切り。それが、最強を殺した者の名だ。

思えば、すべて仕組まれていたのだろう。

弟子たちを人質に取られたことも。朝廷を敵に回さなければならなくなったことも。

そして……泣きながらぼくを討つに至った、あの子のことも。

見事だった。

黒幕がどこの貴族か皇族か知らないが、本当に見事に、ぼくは窮地に追いやられた。

最強なんてなんの役にも立たなかった。

力だけではやはり限界があったのか。策謀を巡らし、常に大勢を味方につけるよううまく立ち回るべきだった。

ぼくに足りなかったものが、今でははっきりわかる――――狡猾さだ。

わかったから、もう大丈夫。

次はうまくやる。

震える右手で不完全な印を組む。灼けた喉でささやきのような真言を唱える。

大事にとっていた一枚の呪符が、煙の中に浮かび上がる。

今生の最期に使うは、秘術――――転生の呪い。

やり直すんだ、もう一度。

これから先、日本がどう変わるかはわからない。いやそれどころか、まったく別の国に生まれる可能性も高い。

だけど、今度は失敗しない。

次の生こそ――ぼくは幸せになるんだ。

呪符が光を放つ。

倒れるぼくを中心に、魔法陣が現れる。

意識が遠のいていく。

そしてぼくは――、

第一章　其の一

ぼくは目を開けた。

ゆっくり息を吸って吐く。

生きている。

低い視点に、小さな手。

幼子(おさなご)の体だ。

……成功だ。ぼくは生まれ直した。

直後に始まった記憶の統合に気分が悪くなるも、ほっとした。

自信はあったけど、なにせ失敗したらそのまま死亡だ。そりゃ不安にもなる。

それにしても……これはどういうことだろう？

薄暗い部屋の中で、三歳くらいのぼくが床に座っている。

そして床には、ぼくを中心として魔法陣が描かれていた。

前世の最期に見た、転生の魔法陣ではもちろんない。というかこんな六角形の魔法陣は見たことがない。

六角形の頂点には、それぞれ石みたいなのが置かれていた。

鉱物のようだけど、なんだろう？　こちらも見覚えがない。

ついでに人の気配もあった。

ぼくの背後に、数人。微かに呪文のようなものも聞こえる。

魔法陣が微妙に光っていることから、何か呪術の最中らしい。

逃げ出すべきかと迷うが、この体が持つ記憶に嫌なものは感じられなかったので、ぼくはしばらく待つことにした。妙な行動をとって怪しまれても困る。

「────の名において願い奉る、この者の持つ力を示せ‼」

低い男の声と共に、一際強く魔法陣が光り輝き……そして消えた。

何も起こらない。

後ろの人たちもシーンとしている。

え、何これ。失敗？

「……っぷ、ククク ッ」

いたたまれない雰囲気を破って、小さな笑い声が聞こえた。

「ククッ、マジ？　こんなことってあんのかよ？　っはは！」

「グライ、笑うなよ。まだ終わってない」

「いやもうわかっただろ、ルフト兄。みろよ！　どの属性の石も光ってない。これはつまり
……そういうことですよね、父上？」

ぼくは後ろを振り返った。

三人の人間がいた。うち二人は子供だ。ぼくより少し年上の子供二人。

性格の悪そうな笑みを浮かべている少年と、真面目そうな少年。

暗くてわかりにくいが、二人は金色の髪、それに青い目を持っていた。

異人？　ここは西洋の国なのか？　だけど聞いたこともない言語だし、顔立ちも日本の民に近いところもあってわからなくなる。

「……そうだな。儀式は終わりだ。結果は出た」

三人のうちの最後の一人、壮年の男が書物を閉じて、低い声で言う。

今にも溜息(ためいき)をつきそうな、失望した調子で。

「セイカには魔力が一切ない」

セイカ。

それが今生での、ぼくの名前。この体の記憶にあった。

「それは……残念でしたね、父上」

「ぷっククク、はぁーっははは！　わらえるぜー。まさか魔法学の大家、ランプローグ家に魔力なしが生まれるなんてな！　しってたかルフト兄？　魔力なしって、魔法使いとしちゃ最強の落ちこぼれなんだぜ！　仮にも父上の血を引いておきながら、セイカ、おまえはとんだ恥さらしだ！」

三人の人間……おそらくぼくの家族から向けられる、失望や嘲(あざけ)りの視線。

そんなものを初めて浴びたぼくは、首をかしげる。

魔力とはたぶん呪(まじな)いを使う力のことだろう。どうやら彼らは、ぼくに呪(まじな)いの才能がないと言い合っているらしい。

でも、そんなはずないんだけど。

転生体には、ぼくの魂の構造を再現できる体が自動的に選ばれる。

必然、似てくるのだ。

顔立ちや背格好。それに、呪術の才すらも。

ぼくは、自らに流れる力を意識する。

やっぱり確認するまでもない。というかこれは……想像以上だ。

ぼくに呪(まじな)いの才能がないだって？　いったい何を言っているんだろう。

この体には――――こんなにも、呪力があふれているというのに。

転生して、早くも十日が過ぎた。
「うんしょ。うんしょ」
晴れた日の、屋敷の庭。ぼくは服の裾(すそ)を広げて、辺りに落ちている葉っぱを拾い集める。

どこからどう見ても三歳児だ。そんな行動をとりつつ、頭の中では別のことを考える。

結論。

やはりここは異世界らしい。

あの儀式の晩、地下室から上の立派な屋敷に戻されたぼくは、星座を確かめてみようと空を見上げた。

そしたら月が二つあった。もうこの辺で察した。

古代ギリシアの叡智によると、この大地は球体で、それ自体が回転していると言う。なので日本と反対の球面からは別の星空が見えるはずだが……月に関して言えば軌道的に考えてどこだって見られるはずだ。ましてや増えるわけがない。

それから何日か家族の会話に聞き耳を立てていたが、知っている地名や国の名前などは一度も聞かなかった。

これはもう、異なる世界に来てしまったと考えるしかない。

転生先の条件は、ぼくの魂の構造を再現できる体。それだけだった。

だから、どこに生まれるかは全然わからなかったわけだけど……まさか異世界とは。

同世界内を終焉まで探しても転生体候補が見つからず、結果外部アドレスにまで検索範囲が広がってしまったんだろう。完全に想定外だが、まあもう今さら仕方ない。

気を取り直したぼくは、さらなる情報収集を重ねた。

今生でのぼくの名は、セイカ・ランプローグ。

ランプローグは伯爵家、つまり貴族の家柄だ。

三男ではあるものの、これは運がよかった。前世のように平民で生まれ、疫病で即死んだりしたらどうしようもない。

とはいえ、そもそもが豊かで発展した国のようだ。

少なくとも日本よりはよほど。もしかしたら宋(そう)やイスラム、東ローマ帝国などに並ぶか、それ以上かもしれない。

まだまだわからないことだらけだ。もっと情報を集めないと。

「うんしょ。うんしょ」

拾い集めた葉っぱをひとまず木陰に持って行く。

裾を離すと、葉っぱがばさっと地面に落ちた。うん、とりあえずこれくらいでいいかな。

「――ओम् पाञ्चालिका वर्धि स्वाहा」

小さく真言を唱える。

すると、地面に落ちていた葉っぱがすべて浮かび上がり、その葉脈をこちらに晒(さら)した。ぼくはそれらにまとめて、呪力で文字を書いていく。

「……できた」

軽く指示を出し、縦横に飛ぶ葉っぱを見て出来映えを確認する。まあまあかな。

簡単だが、式神の完成だ。

ぼくの目や耳、手足となる駒(コマ)。本当はヒトガタで作るのが一番なんだけど、この世界でも紙はそれなりに貴重品のようなので贅沢(ぜいたく)は言っていられない。おいおい用意していけばいいだろう。

三分の一にカラスの姿を与え、空に放つ。

三分の一にネズミの姿を与え、野に放つ。

残りは不可視状態にしてそばに置くことにした。式は呪符代わりにして術の媒介にも使えたりと、いろいろ便利なのだ。

「おいセイカ！　なにやってんだそんなところで！」

やかましい声に、ぼくはどきりとして振り返る。

後ろに立っていたのは、底意地の悪そうな顔の子供。

ぼくの三つ上の兄、グライだ。

「みてたぞ。おまえ、葉っぱなんてあつめてただろ。きもち悪いやつ！　そんなもんあつめてどーすんだよ。ん？　おい、葉っぱはどこやったんだ？」

キョロキョロと辺りを見回すグライを見て、ぼくはほっとした。今していたことは見られなかったらしい。

ぼくの前世はなんとしても秘密にしておかなければならないからな。

「なんとか言えよ、この落ちこぼれ！」

　黙ったままのぼくにいらついたのか、グライが土を蹴っ飛ばしてくる。

　何も言わずに土を払う。しっかし、とんだ糞餓鬼（クソガキ）だ。ぼくの弟子は良い子ばかりだったからなおのことそう感じる。

　父親はあまり子供に構わないし、母親は甘やかし気味。身の回りのことは侍女（メイド）がやってくれるせいか、とんでもなくわがままだ。それでも上の兄はまだまともなんだけど。

「……やめてよ、グライ兄」

　とりあえずそう言うと、グライは口の端をひん曲げたような笑みを浮かべる。

「やめてください、だろ？　口のきき方がなってないぞ。おまえ、まさかおれやルフト兄とおんなじ立場だと思ってるんじゃないだろーな」

「違うの？」

「ちがうにきまってんだろ。だって、おまえは本家の人間じゃないんだからな！」

　ぼくは首をかしげる。どういうことだろう？

「メイドたちが言ってたぞ。おまえは妾（めかけ）の子だって！　だからおまえはこれっぽっちの魔力もない、落ちこぼれなんだ！」

　なるほど。ぼくはようやく腑（ふ）に落ちた。

　どうも母親から無視されているような気がすると思ったら、そういうことだったのか。侍女（メイド）

も腫れ物を扱うような態度だったし、父親も上の兄もどうりでよそよそしかったわけだ。

有益な情報だった。ありがとう、グライ君。

でもこっちの家で育てられている以上、実質本家の人間だとは思うけどね。

「わかったか？　おまえは、おれや兄さんのいうことをきかなきゃいけない立場なんだよ！

……そうだ、おれはいま武術を練習しているんだ。おまえちょっと実験台になれ」

そう言うと、グライはにやにや笑いながら助走を付けるようにじりじりと下がっていく。

「いいか？　そこを動くなよ！」

叫んだと思ったらグライがこちらに走り込んでくる。

跳び蹴りでもかますつもりなんだろうか？　戦でそんなことをするやつは見たことがなかったけど、ひとまず勘弁願いたい。

不可視にしていた式神を一体、足下に飛ばしてやる。

すると、それに躓いたグライが顔面から派手にすっ転んだ。

うわぁ痛そう。

「ぶッッ！　こ、この……！」

まだ向かって来そうだったので、さっき飛ばした式神カラスを二匹呼び戻す。

カラスはギャアギャア言いながらグライに急降下すると、その太い嘴で頭をつつき出した。

「うわっ、な、なんだこいつらっ」

グライはしばらく腕を振り回して抵抗していたものの、やがて頭をかばってうずくまると大声で泣き始めた。

ぼくは少し反省する。子供相手にさすがにやりすぎた。

そう思って式神カラスを引っ込めようとした時、

「グライっ‼」

また子供の声。

見ると、長兄（ちょうけい）のルフトが棒切れを持ってグライに駆け寄ってくるところだった。

「やめろっ、やめろっ、このっ！」

ルフトは棒を振り回してカラスを追い払う。

カラスはひるんだように、二匹一緒に飛び去っていった。

というか、ぼくがそうしたんだけど。

「大丈夫か、グライ。けがは？」

大泣きする弟を気遣う。ルフトは次男に比べれば性格もまともだし、ぼくより五つ上だけあってさすがに大人びていた。とはいえまだ八歳だけど。

「どうしてカラスが……。セイカは大丈夫だったか？」

「うん。なんともないよ、ルフト兄」

そう答えて笑みを返すと、ルフトは不気味そうにぼくを見る。

無理もない。ぼくだけ襲われてないのも変だしね。でも、それだけだ。

怪我の治療をするため、ルフトは未だ泣き止まないグライを屋敷に連れて行く。

そして一人残されるぼく。

邪魔は入ったものの、式神は放てた。これで情報収集がもっとやりやすくなるだろう。

いろいろとやらなければならないことは多い。

ただこの三歳の体ではできることも限られるし、少なくとも数年はじっくりと準備に時間を使うとしよう。

今生は、まだまだ先が長いんだから。

其の二

　早くも四年が経ち、ぼくは七歳となった。

「……」

　屋敷から少し離れた山林に建つ、真夜中の森小屋。式神が放つ微かな光の中、ぼくは黙々と大きなへらで巨大な鍋をかき混ぜる。

　明らかに七歳児の行動じゃない。ド直球で怪しい光景だが、見つかるわけにはいかないからこんな時間にやっていたりする。

　静かな場所での単純作業は、考え事がはかどる。

　あれからいろいろなことがわかった。

　ここランプローグ領を内包するウルドワイト帝国は、やはりかなり強大な国だった。

　文化などは前世の西洋に近い感じだったが、それを超える文明レベルで、平和で、そして豊かだ。

　各地を治める領主はいるものの、帝国の持つ直轄軍の力が強いために軍役は課されていない。領主の仕事は経営が専ら（もっぱら）で、領地を巡った争いなども禁じられていた。

　そのあたり、前世にあった帝国と比べるとずっと穏やかだ。

ただ、それでもやはり脅威はある。

それが、モンスターと魔族だ。

モンスターは、前世にいた妖（あやかし）のようなものだ。時折人間を襲う怪物。ただその死骸は資源にもなるので、妖（あやかし）よりは役に立つらしい。

そして魔族とは、帝国領の外側に広がる魔族領を治める、人間と敵対する者たちのことだ。聞くところによると、モンスターに近い人類なんだとか。

普段は各地に駐屯（ちゅうとん）する帝国軍の部隊が、国境沿いに睨（にら）みをきかせ、ついでに厄介（やっかい）なモンスターを討伐しつつ（さらについでに野盗なんかも狩りつつ）、平和を維持している。

ただ、それでもすべてのモンスターを相手にできるわけではない。だから街によっては自衛のための戦力を持っていたり、冒険者を囲っていたりした。ランプローグ領にも治安維持を兼ねた自警団がいる。

自衛と言えばだが――この世界には独自の魔法体系がある。

四属性魔法というのがそれで、全体を火、水、風、土に系統分類するかなり実存に近い魔法体系らしい。

実際にはそれに加えて光と闇属性があるようだったが……なんとなく、ぼくの開発した陰陽五行相の術に近い気がする。

こちらの魔法には少し思うところがあるが、いずれきちんと学ぶこととしよう。

きっと得るものがあるはずだ。

「でも……まずはこっちだな」

大鍋を見下ろす。この後の重労働を考えると溜息が出た。

ぼくが今作っているのは紙だ。

式神の媒体となるヒトガタを作るのにどうしても要るのだが、こちらの世界でも紙は貴重品で、子供の身分では気軽に手に入らない。

だから自分で作ることにしたのだ。

作り方としては、まず原料となる草を適当に裂き、高濃度の金気(かなのけ)を含ませた強塩基(アルカリ)の水で煮る。それから繊維だけを取り出してよく叩く。つなぎとなる植物を加え、ドロドロになったものを型に流し込んでよく乾燥させる。以上だ。

ぼくは運がよかった。前世で呪符の素材にこだわるために製紙を学んでいたこともそうだが、本来の原材料であるコウゾやガンピの代わりになる草や、つなぎであるトロロアオイ代わりの木の実をこちらで見つけられたのだから。

まあ見つけるまでと、道具作りでめちゃくちゃ時間はかかったけど。

作業自体は重労働で子供の身にはきついが、仕方ない。できるだけ術と式神を使って楽してはいるものの、何から何までというわけにはいかないからね。

「……ん」

口の中に違和感。

ぐらぐらしていた歯を舌で押すと、すんなり抜け落ちた。

乳歯を吐き出して手のひらに乗せる。ぼくはそれを確認し、にんまりと笑って衣嚢にしまった。

歯も立派な呪術の道具となる。転生は前世で試せなかったことを試す良い機会だ。

ヒトガタをたくさん作れれば、できることも増えていく。

第二の人生は順調だった。

◆　◆　◆

朝。

「あれ？」

外套を取り出そうとクローゼットを開けたぼくは、首をかしげる。

ない。

おかしいな、昨日確かにここにしまったはずなんだけど……あ、まさか。

「――――セイカくん、セイカくん」

小さな声に振り返ると、女の子が一人、ドアの隙間からぼくを見ていた。

くすんだ金色の猫っ毛。年も背も、今のぼくと同じくらいの少女。

「なに？　イーファ」

「あの、これ……」

うつむきがちに差し出されたのは探していた外套だった。

よく見ると、ところどころに小さな葉っぱや枝がついている。やっぱりな、とぼくは内心溜息をつく。

たぶんグライの仕業だろう。

あの糞餓鬼っぷりは四年経っても健在で、今までことあるごとにぼくを見下し嫌がらせを繰り返してきたのだが、毎回さりげなく式神で仕返ししていたせいか最近では警戒していて、もう直接なにかをしてくることはなくなっていた。

で、代わりにやり始めたのがぼくの私物を隠すとか壊すといったみみっちすぎるいたずらだ。三つも下の弟にやることか？　次兄の人間性がさすがに心配になる。

「ありがとう、イーファ。探してたんだ」

ぼくがお礼を言って受け取ると、少女はうつむいてしまう。

イーファはランプローグ家が持つ奴隷の娘だ。

奴隷の産んだ子も当然奴隷なのだが、屋敷に住まわせるような奴隷は待遇が良く、扱いも使用人と大して変わらない。この辺は前世の西洋と似ていた。

たぶん大農園や鉱山に使われるような奴隷が悲惨なのも変わらないんだろうけど。

「でも、毎度よく見つけられるね」

隠された物をイーファに見つけてもらうの、これで何度目だろ。

「それは……えと、たまたま……。セイカくん、こんなのやっぱりひどすぎるよ。わたし、旦那さまに頼んでみる。そしたらグライさまだってやめてくださるかも……」

イーファが抑えた声で言う。

聴いててわかる通り、この子はぼくに対してだけは尊称も敬語も使わない。最初は奴隷にも舐められるのかとげんなりしたものだったけど、どうやら年の近い自分だけでもこの除け者の子と仲良くしなきゃと思ってのことだったらしい。

泣ける。この家の数少ない良心だ。

ぼくは笑ってイーファへと言う。

「大丈夫だよ」

「でも……」

「ほんとだって。これくらい平気だから」

実際、こんなのかわいいもんだ。師匠に弟子入りしていた時期なんて兄弟子たちに本気で殺されかけたからな。

まあ最終的にはぼくが全員呪い殺したけど。

「ううん、でも、わたしやっぱり……」

「セイカ！　おまえ、なにやってんだ、そんなところで！」

突然の大声に、イーファはびくりと肩を震わせた。

次兄のグライはどすどすと大股でぼくらに迫ると、イーファを睨みつける。

「おい奴隷！　こんなところでなにさぼってんだ！　父上に言いつけるぞ！」

「も、もうしわけございませんっ」

イーファは怯えたように頭を下げ、逃げるように去って行く。

グライは鼻を鳴らしてその背から目を離すと、ぼくの持つ外套を見て、それから舌打ちしそうな顔で言った。

「また外で草遊びか？　妾の子はいい気なもんだな！　魔法の勉強なんてしなくて済むんだから。おっと、そもそもしたくてもできないのか」

それから、グライは性格の悪そうな笑みを浮かべて言う。

「ま、好きにすればいいさ。おまえはどうせ、将来この家を追い出されるんだからな！　どうするんだ、セイカ。行き先なんて軍くらいしかないぜ？」

「帝国の軍に入れるの？」

じゃあいいじゃん、と思うぼく。

飢えるよりずっとマシだ。直轄軍なら待遇もよさそうだし。

まあぼくが入軍することはないと思うけど。

「なに安心してんだ。おまえ、知らないのか？　軍ではゲロ吐くほど訓練させられて、しかも上官の命令にはぜったい従わなくちゃいけないんだ。相手が平民だったとしてもだぞ？」

ぼくは反応に困る。

いや、そりゃそうだろ。軍なんだから。むしろその二つを徹底しないと本番で死ぬぞ。

黙ったままのぼくが怖じ気づいたとでも思ったのか、グライは明らかに調子に乗った声音になる。

「おまえは今から剣でも練習しておけよ。ま、おまえみたいなチビはどうせ初陣で死ぬだけだろうけどな！」

「身長はこれから伸びるよ。それより、グライ兄はどうするのさ」

「あ？」

「家はルフト兄が継ぐでしょ？　追い出されるのはグライ兄も同じじゃないの？」

グライは鼻を鳴らしてぼくを睨む。

「おまえみたいな落ちこぼれと一緒にするな！　おれはな、魔法学園に行って父上のような一流の研究者になるんだよ」

「魔法学園？」

「おまえ、魔法学園も知らないのか？　何人もの宮廷魔術師を輩出した魔法使いの名門、帝立ロドネア魔法学園のことだぞ？」

ロドネアとは確か、帝都の近くにある都市の名だ。

なるほど、そこに魔法の教育機関があるのか。学園と言うからには大規模なものなんだろうな。

いいことを聞いた。

「ふうん。何歳からそこに通うの？」

「試験を受けられるのは十二歳からだが、おれはランプローグ家だ。無学なやつらと基礎なんて学ぶ必要はない。十五歳になってから高等部に編入すれば十分だ！　もしかしたら入学して早々宮廷魔術師にスカウトされてしまうかもしれないが、その時はそっちでキャリアを積むのもいいいな」

恥ずかしげもなく語る次兄に、ぼくは呆れる。

ものすごい自信だな。たとえ実力があったとしても人間なかなかこうはならないぞ。

「おい、セイカ。おまえはおれと一緒の道を進めると思うなよ。ランプローグ家は広く影響力をもつために、一族の者に同じ進路は選ばせないんだ！　ああ、おまえはそもそも魔力なしの落ちこぼれだったな。ふん」

こいつ、ほんとにぼくへの罵倒を忘れないなぁ。

「どうでもいいよ」

「あ？　なんだその……」

「グライ、いつまで話している」

低く、重たい響きの声。

口ひげを生やした背の高い壮年の男が、いつの間にかグライの後ろに立っていた。

次兄が慌てて振り返る。

「父上！」

「もうルフトは出たぞ。杖はどうした」

「あ、えっと、これから……」

「今日は魔法を見てやると伝えていただろう」

「い、いやその、セイカのやつが……」

ぼくのせいにするのはさすがに苦しすぎるんじゃないか？

男はグライから目を離し、ぼくを見下ろす。

「セイカ、今日は屋敷で大人しくしていなさい」

「父上」

ぼくは、男をまっすぐ見つめる。

そういうわけにはいかない。そのために外套を探してたんだから。

「魔法の練習に、ぼくも連れて行ってくださいませんか？」

「……」

今生の父が、黙ってぼくを見る。

ブレーズ・ランプローグ。ランプローグ伯爵家の現当主。

ランプローグ家は元々魔法研究の功績が認められて爵位を賜ったただけあって、優秀な魔術師を何人も輩出している。ブレーズも当主を継ぐ前は一線の魔法学研究者だったようで、現在でも各地の研究機関に顔を出すためにしょっちゅう家を空けていた。

さらには魔法戦闘にも秀でているらしく、宮廷魔術師に誘われたことも一度や二度じゃないのだとか。

でも、それがどのくらいすごいのかはよくわからない。

ぼくも陰陽寮の役人をやってた頃は宮廷魔術師だったんだろうけど、同僚には卜占も満足にできないボンクラが普通にいたけどな。

「おいセイカ！　なに言ってんだ！　おまえみたいな魔力なしが来てどうすんだよ！」

「いいだろう」

「え、父上⁉」

「ただし、見るだけだ。それでいいなら早く準備しなさい」

唖然とするグライの前で、ぼくはにっこりと笑う。

「ありがとうございます、父上。準備はもうできています」

◆◆◆

屋敷から少し離れた場所に、ランプローグ家が使う魔法の演習場があった。

といっても、木の台に岩の的（まと）が乗ったものが並んでるだけだけど。

ランプローグ家の屋敷自体が、街から少し離れた小高い山の麓（ふもと）にある。

グライなんかは、いずれ山に棲（す）むモンスターを狩り、実戦経験を積むんだ、なんて言っているが……それはともかく、確かにここなら大きな音を出しても迷惑にならないかな。

「ルフトからやってみなさい」

「はい、父上」

長兄のルフトが、緊張した面持ちで杖を構え、その先を標的の岩に向ける。

「逆巻くは緑！　気相（きそう）満たす精よ、集（つど）いてその怒りを刃と為せっ」

言葉と共に、ルフトの杖へ力が流れていく。

「――――風鋭刃（ウインドエッジ）‼」

杖から放たれた風が、標的の岩にばしんばしんと叩きつけられる。

よく見ると、岩の表面に少し傷がついているようだった。

「安定しているな。威力も及第点だ。これなら無詠唱にも挑戦していいだろう」

「っ、はい！」

うれしそうな長兄を横目に、ぼくは考える。

物質を直接扱う魔法。やはりかなり実存に近い魔術だ。

戦闘魔法を初めに覚えることも、相手と直接向かい合う状況を想定していることも変わってる。

どこの国でも呪(のろ)いや占いが主役だった前世の魔術とはだいぶ違う。どちらかというと武術に近い。

なんというか……もったいないな。

あと気になったのは、呪文が普通に口語なところだ。

言語なんて実際はなんでもいいので、別にそれ自体はおかしくないんだけど……なんというか、聞いてて恥ずかしい。

「次はグライ、やってみなさい」

「はい！」

グライは意気揚々と歩み出て、舐めくさった仕草で杖を構える。

「燃え盛るは赤！　炎熱(えんねつ)と硫黄(いおう)生みし精よ、咆哮(ほうこう)しその怒り火球(かきゅう)と為せ！　――火炎弾(ファイアボール)‼」

グライの杖から放たれたのは、真っ赤な火球だった。

それは岩に勢いよく命中し……そのまま四散する。岩は燃えないから当たり前だ。

ずだ」

「新しい魔法を覚えたのはいい。だがまだまだ荒い。まずは一つの系統に習熟しろと教えたは

「う、それは……」

「グライ、なぜルフトのように風の魔法を使わなかった」

「どうでしたか、父上！」

「はい……」

「ルフトのように精進することを覚えなさい。お前も筋は悪くない。努力を怠らなければいずれは風と火、二系統の魔術師として大成するはずだ」

「は、はい！　父上！」

反省してるとは思えないグライを尻目に、ぼくはまた考え込む。

うーん……あれって純粋な呪力、じゃない魔力を燃やしているのか？　効率悪いうえに物理的な威力がないし、延焼も狙いにくい。あれなら火矢でよくないか？

いやまあ、グライが下手なだけで本当はもっと威力あるんだろうけど。

「ふっふっふ……そうだ。おいセイカ！　お前もやってみろよ！」

と、調子に乗ったグライが急にそんな声をかけてきた。

「おい、グライ……」

「そんなところで見ていてもつまらないだろ。せっかく父上が見てくださってるんだ、おれの

杖を貸してやるから少しはランプローグ家らしいところを見せたらどうだ?」
ルフトの制止も無視して、グライはこちらに歩いてくるとぼくに杖を押しつけた。
できないぼくを見て笑い者にしようってことらしい。こいつほんとに性格悪いな。
「……わかった。やってみる」
にやにや笑うグライの前を通り、的の前に立つ。
今ぼくの呪いを見せることは、正直あまりしたくない。
目立つ者は目の敵にされる。
だから、世界はその実、強者ほど死にやすい。
最強になろうと、結局その理からは逃れられなかった。
だけど、弱い者は奪われ続ける。それもまた真理だ。
馬鹿にされたままではやはり不便。ここらで最低限の力を見せるのもいいだろう。
「……はっ、なに一丁前に構えてんだか。魔力なしのくせに」
グライの声を背後に、ぼくは自分の呪力を意識する。
こんなに見られてる以上は真言も印も呪符も使えないが、たぶんなんとかなるだろう。
心の中で真言を唱え、意識の上で印を組む。
呼ぶは火と土。
申し訳程度に、こちらの術名を短く発する。

「――ふぁいあぼうる」

《火土（かど）の相――鬼火（おにび）の術》

杖、正確にはその前方の空間から放たれたのは――青白い炎を纏（まと）った大火球だった。

火球は、そのまま岩に命中。

そして派手に爆散させた。

「……」

静まりかえる演習場。

皆の視線が向かう先は、半分くらいになった岩と、白煙を上げる残り火。

まずい……やりすぎた。

「今の……火炎弾（ファイアボール）か……？」

「無詠唱……しかも、あの威力……それに、なんか炎が青かったような……」

兄たちが呆然と呟（つぶや）く中、ぼくは顔が引きつっていた。

ぼくの編み出した陰陽五行相の術は、世界の要素を木（もく）、火（か）、土（ど）、金（ごん）、水（すい）の五行と、陰（いん）と陽（よう）の計七属性に当てはめ、それぞれの気（け）を自在に呼び出すものだ。

そのうち前世でよく使っていたこの《鬼火》は、土（つち）の気（け）として呼び出した燐（リン）の塊（かたまり）に、火（ひ）の気（け）で着火するだけの単純な術なのだが……どうやら燐の量が多すぎ、岩で砕けた拍子にすべての破片が一気に燃え上がって爆発したようだ。

そのうえ核の形を保つために混ぜた石英の欠片が、爆風で岩を粉砕してしまった。

あと炎色反応のことをすっかり忘れてた……せめて石灰か塩でも混ぜていれば、まだ自然な色にできたのに……。

これはひどい。

「セイカ」

今生の父は、落ち着いた声で言う。

「隣の岩を狙い、もう一度やってみなさい」

「……はい。父上」

よし、せめて今度は加減しよう。

「――――ふぁいあぼうる」

再び青白い大火球が放たれ――――大音響と共に、またもや的の岩を破壊してしまった。

「あっれぇ……？」

さっきよりはマシだけど大して変わってない。

どうもこの体の呪力の巡りが良すぎて、うまく術をコントロールできないみたいだ。

これは直さないとまずいな。

「父上……こ、これはどういうことですか？　セイカは魔力なし。魔法は使えないはずじゃ……ひょっとして、おれの強い魔力が杖に残っていたとか？」

グライが父親を振り仰いで言う。いやそんなわけあるか。

「生まれつき魔力を持っていない者でも、魔法を使った例はある。それに魔力の質により、炎が特徴的な色を帯びることもあると言われている」

「父上」

ふと思い立ち、ぼくは父に呼びかけた。

「ぼくも、兄さんたちのように魔法を学びたいです」

ちょっと計算違いはあったが、これはいい機会だ。魔法が使えるとわかれば、ぼくにも教えてもらえるかもしれない。

だが、父は首を横に振った。

「駄目だ」

「……なぜですか」

「魔力のない者でも魔法を使った例はある。しかし、魔術師として大成した例は知られていない。学んでも無意味だ」

「……」

「セイカ。今年からお前にも、兄たちと同じように家庭教師をつけることになっている。そちらに集中しなさい」

「……わかりました、父上」

父は兄二人に目をやり、

「こうなってしまった以上、演習は終わりだ。的は新しいものを手配しておこう。それまでは二人とも、各自で修練に励むよう」

兄二人の返事と共に、父が去って行く。ルフトがその背を追った。

グライはというと、去り際にぼくの手から杖をひったくり、吐き捨てるように言う。

「調子に乗るなよ、魔力なしが」

そして長兄を追っていき――――ぼく一人が残された。

とても有意義な時間だった。

この世界の魔法のことも、ぼく自身の課題もわかった。

家庭教師がつくというのも素直に喜ばしい。ぼくが読める書物だけでは勉強にも限界があったから。

魔法演習は、まあいいや。

式を飛ばせば見物できるからね。

鬼火の術
発火しやすい白リンに火をつけて撃ち出す術。リンが燃えると炎色反応により炎は淡青色となる。

其の三

あれからまた四年が過ぎ、ぼくは十一歳となった。

「……」

真夜中の静かな自室。

式神が放つ光の下、ハサミで紙から切り抜いたヒトガタに、ぼくは慎重に羽ペンで文字を入れていく。

そういえば、前世でもこのくらいの頃に同じようなことをしていたっけ。

懐かしいな。確かちょうど今くらいの季節に元服したんだ。そう考えると、今生でのぼくもずいぶん大きくなったもんだなぁ。

「……できた」

完成したヒトガタを眺め、緊張の息を吐く。

これは扉だ。

前世のぼくは、何体もの妖を調伏し封印し、戦力として使ってきた。

封印に使った呪符は前世でほとんど燃えてしまったので、当然ながらここにはない。ないのだが……実は理論上、封印した妖をこちらに呼び寄せることは可能なのだ。

封印とは、すなわち位相(いそう)へと送ること。

呪符は扉に過ぎない。

位相もまた異世界。だから扉さえ用意できれば、どんな世界からだろうと繋げられる……はずだ。理論上は。

本当にできるかどうかはこれから試す。

ヒトガタを床に置く。

印を組み、真言を唱える。

正直どうなるかわからない。だから、最初に呼ぶのは一番大人しいやつだ。

やがて、術が組み上がる。

「――ओम् चतुरदश दश त्रीणि नव नव एकम् नरिह्वयती सकल स्वाहा」

《召命(しょうめい)――管狐(くだぎつね)》

ヒトガタが光を放ち、周囲の光景が歪(ゆが)む。

そして、薄暗い部屋に現れたのは――白い少女だった。

処女雪のような白い髪。妙に丈の短い着物も、そこから伸びる手足も白い。ある種神秘的な容貌の少女。

その瞼(まぶた)がゆっくりと開かれ、対照的な漆黒の瞳が露(あら)わになる。

ん？　せ、成功か……？　でもなんかちょっと違……、

「ハルヨシさまぁ――――ッ‼」

少女が突然抱きついてきた。

ぼくを勢いのまま押し倒すと、思いっきり顔に頬ずりしてくる。

「ハルヨシさまハルヨシさまっ！　ああまたそのお顔を拝せらるるなんてっ、ユキは実に、実に幸いにございますぅ！　すーはー！　位相の眠りの中でユキは幾度この時を夢見たことかっ！　すうぅぅぅぅはぁぁぁぁあ！　あぁ～ハルヨシさまのにおい」

「やめろバカ！　離れろっ」

少女を押し返し、ぼくはずざざっと後ずさる。

そして、恐る恐るその姿を見る。

「ユキ……だよな」

「はいハルヨシさま！　ユキでございますよ」

にこにこ顔のその少女をよく観察する。

管狐のユキ。

ぼくが人間の姿を与え、前世で使役していた妖……なんだけど。

「なんか……小さくなってないか？」

前世では妙齢の女性の姿だったはず……。

ユキは自らの姿を見下ろして言う。

「あ、ほんとですね。どうしてでしょう？　今のハルヨシさまの呪力に引っ張られたか、世界自体の影響だと思いますけど」

まあ……どちらもありえそうな話だ。

中身はユキそのものだし、成功と言っていいだろう。

「はぁ……とりあえず呼べてよかった。久しぶりだな、ユキ」

「ハルヨシさまぁ……っ！」

「わかったから抱きつくなって！」

「はいぃ、でも……よかっだでずぅ」

ユキは涙声で言う。

「あの時……あの娘が敵とわかった時……ハルヨシさまは、すでに死を覚悟しておられたようでしたから……」

「ん、ああ……」

「でも来世で必ず呼ぶとのお言葉、信じで待ち続げだ甲斐がありまじだぁっ……」

「あー、よしよし……」

頭を撫でてやると、ユキは鼻をすすって涙を拭う。

「でも、この姿でよくぼくだとわかったな」

「それは……わかりますよぅ。少しお若くなられましたけど、呪力にもお顔にも面影がございますし」

「え、そう?」

「はい」

確かに、家族ではぼくだけ黒髪黒目だ。

それは単に父親の愛人の血だろうけど……世界まで渡って選ばれた転生体だけあるんだろうな。

「ハルヨシさま」

「ん?」

「呼んでいただいた以上、ユキはなんでもしますよ!　ここは日本どころかかの世界ですらないようですし、さすがのハルヨシさまもさぞ労多きことでございましょう。さあ、ユキへのご用命はなんですか?」

「いや……特にないよ。こっちでも妖(あやかし)を呼べるか試したかっただけだし……」

「ええー!」

ユキががっくりと肩を落とす。

申し訳ないけど、ユキは管狐としてはさっぱり役に立たないからなぁ……。

管狐は、飯綱(いづな)使いが呪(まじな)いのために使役する妖(あやかし)だ。

信濃国(しなののくに)の飯綱(いづな)使いは、この妖(あやかし)を使って様々な呪術を行使する。占術に退魔術、それに憑依(ひょうい)

術。高名な者ともなれば、取り憑かせた対象を意のままに操ることすら可能だ。

いつだったか知り合いの飯綱使いに、瞳が黒いすっごく珍しい白変種が生まれたからあげるよ！　きっとすごい力を持ってるよ‼　と善意百パーセントの目で言われ、譲り受けたのがユキだった。

最初はぼくも期待した。が、ユキはその実、管狐の本領たる予知も憑依もぜんぜんダメ。何度やらせても最後には失敗してぐでーんとしていた。

でも捨てるのも忍びなく、仕方ないから人の姿を与えてお茶くみをやらせていたというわけだ。

前世でぼくは最後まで子をもつことはなかったけれど、ダメな子ほど可愛いという言葉の意味は、ユキのおかげで理解できた。

が、それはそれとして仕事はない。

「というか、その姿を誰かに見られるわけにはいかないからね」

「でももう位相はいやですぅ……」

「じゃあ好きに隠れてたらいいよ」

「はぁい」

そう言うと、ユキは狐の姿に戻り、あっという間に細くなる。

そして、しゅるりとぼくの髪に潜り込んだ。

「やっぱりここが一番落ち着きますねぇ」

ユキの数少ない特技が、めちゃくちゃ細くなれることだ。もらわれたばかりの頃から、ユキはしょっちゅうぼくの頭に潜り込んでいた。

確かにそれも管狐の技能の一つではあるけど……まあいいや。

「そうだ、ユキ。今のぼくの名はセイカだから、これからはそう呼んでくれ」

「セイカさま、でございますか……？　ふふ、ハルヨシさまにはぴったりのお名前ですね！」

ぴったりというかまあ……前世でも何度かそう読まれたっけな。

さて、今日はもう寝るか。ぼくは道具を片付けてベッドに潜り込む。

この世界からでも、妖(あやかし)は呼べる。

計画の一番重要な箇所は達成できそうだ。

あとは、思惑通りにいくかどうか……。

七歳からの四年間も、ぼくは準備と情報収集に費やしてきた。

せっせと紙を作ってヒトガタを切り抜き、家庭教師の言うことを覚えながら式神で父や兄の魔法を観察する。外で体を動かし、隙あらば書庫で本や巻物を紐解(ひもと)いて、歴史や異言語を学んだ。

思えばこちらに来てから準備しかしていない。

でも、ぼく自身はちゃんと変わっている。背が伸びて肉がつき、歯も生え替わった。

そろそろ行動も起こせる。

ちなみに、ぼくの周りでも変化はあった。特にグライだ。

具体的にどう変わったかというと……。

まずぼくが呪(まじな)いを披露して以来、私物を隠されることがなくなった。

口では威勢のいいことを言いながら、実はびびっていたらしい。おかげでここでの暮らしがさらに快適になった。

しかし、代わりに鬱憤(うっぷん)を使用人で晴らすようになってしまった。

ただし、年上だったり体格がよかったり、父や母と親しい使用人には逆らわない。標的になるのは――、

「おい奴隷！　おまえ何をしたかわかってるのか！　このおれの服を汚したんだぞ！」

「も、もうしわけございません、グライ様」

年下だったり女だったり奴隷だったり……そう、イーファみたいな人間だった。

こいつはもうほんと……どこまでだよ。

どこまで行ってしまうんだ、君の性根は。兄さん。

「父上と母上がお優しいせいで、自分の立場を理解してないようだな。おまえはこの家の所有

物なんだ！　殺されても文句は言えない身分なんだぞ！」

「はい……もうしわけ……」

「ふん、泣けばいいと思ってるんじゃないだろうな」

そこでグライがイーファの肩に手を回す。

「ま、おれもそこまで責めるつもりはない。おまえが理解すればそれでいいんだ……そうだ、今夜おれの部屋に来い。奴隷の身分について、よ、よく教育してやるよ」

イーファが顔をうつむけて身を竦ませた。

うわぁ、ついに出たよエロ餓鬼。そういえば、こいつもう十四だっけ……。

というかちょっと噛んでるんじゃないよ。もう見られたもんじゃないよ、兄さん。

「朝から廊下でうるさいなぁ、グライ兄」

たまらずしゃしゃり出るぼく。

案の定、兄からは睨まれた。

「あ？　なんだセイカ……おまえには関係ない。引っ込んでろ！」

「ぼく、イーファに用があるんだよ。お説教なら早くしてよね」

「なんだその……口のきき方はッ！」

罵声と共に、グライが拳を振り上げる。

頬の辺りに来そうだった拳を——ぼくは手のひらで受け止めた。

そのまま膠着状態。

「……ッチ！」

やがて、グライが強引に腕を引き戻した。

「覚えてろよ、落ちこぼれがっ！」

そのままどすどすと去って行く兄。

そして溜息をつくぼく。

けっこう力込めたけど、痛かったかな？　でも、さすがに十一歳に腕力で負けるってどうよ……。

気の流れを最適化してるとはいえ、体格は年相応のはずなんだけど。

「あ、ありがとう。セイカくん」

そう言って、イーファが寄ってくる。

まあでも、グライの気持ちもわからないでもない。

具体的になぜとは言わないけど……その、胸部がね。

この子ぼくの一つ上だからまだ十二か十三のはずだけど、どういうことなんだろう。ひょっとして、この世界の民族的特徴なのか？　だけど屋敷の侍女を見る限りでは必ずしもそうとは……。

いや、これ以上はよそう。

「いえいえどういたしまして。そうだイーファ、実はお願いが」

「ご、ごめん！　ちょっと一緒に来てっ」

と言って、イーファはぼくの手を引いて走り出した。

なんだ？

イーファに連れられるがまま、ぼくは屋敷の敷地の端っこまで来てしまった。

当のイーファは、足を止めて何かを探すようにキョロキョロと辺りを見回している。

「あっ！」

短く声を上げて、イーファが一本の大きな木の根元に駆け寄った。

「セイカくん、これ……っ」

「これって……」

そこに横たわっていたのは、翡翠色の毛並みをした小さな動物だった。

子猫ほどの大きさで、太い尾。その額には毛色と同色の宝石が嵌まっており、微かな力の流れを感じる。

ただ傷だらけで、その毛並みの半分以上が土と血で汚れていた。

「これ、あや……じゃなくて、モンスターか？」

「うん。たぶんカーバンクルの子供だよ」

そういえば屋敷の書物の中に、こんな動物の挿絵があった気がする。

「きっと、フクロウかカラスにやられたんだと思う」

「モンスターが普通の動物に襲われるのか？」

「え、うん。小さいうちは弱いし、そういうこともあるみたい」

妖(あやかし)みたいなものだと思っていたけど、それよりは普通の生き物に近いのかもしれないな。

「セイカくん……この子、助けられないかな」

イーファがぼくを振り仰いで言う。

そういうことか。でも、うーん……。

「そうだなぁ……」

前世で人間や犬猫、家畜などを治療したことはある。

が、こんな初めて見る生き物、しかもモンスターなんてものを治す自信はあまりない。

ただ、だいたい何にでも効く術というのがあるにはあった。

「わかった。うまくいくかわからないけど一応やってみるよ。でも見られてると集中できないからあっち向いてて」

「え？　う、うん」

ぼくはカーバンクルの体から、血に濡れた毛を一本抜く。

そして、持っていた一枚のヒトガタにそれを貼り付けた。

呪力で上から文字を追記。印を組み、小声で真言を唱える。

「――――ओम् ह्रीः स्थानान्तरण त्राः न्यूनम् दशा स्वाहा」

術が働き、カーバンクルとヒトガタに変化が起き始める。

そして――――、

「終わったよ」

あちこち破れ、黒ずんだヒトガタを衣嚢(ポケット)に突っ込みながら、イーファに声をかけた。

顔を戻したイーファは目を見開く。

カーバンクルは体を起こし、舌で体に付いた血を舐めとっていた。

まだ弱々しいものの、さっきよりはずっと元気になっている。体中血だらけなのは変わらないが、傷はだいたい塞(ふさ)がっているはずだ。

「な、なんで？　すごい！　……あっ」

イーファが手を伸ばすと、カーバンクルは動物らしい動きで、弾(はじ)かれたように森へと駆けていく。

最後に一度振り返り、しばらくぼくを見つめた後、木々の陰へと消えていった。

大丈夫そうだな。

「今の……もしかして、セイカくんが治してくれたの？」

「うん。思ったよりうまくいってよかったよ」

「セイカくん、治癒の魔法が使えるってこと!?」

　イーファが目を丸くする。

「す、すごい！　わたし、そんなことできるの大きな街にいるような光属性の魔術師だけかと思ってた！」

「え？　あー……はは」

　笑って誤魔化(ごまか)すぼく。

　あ、あれ？　魔法で治してほしいって意味じゃなかったの？

　というか……傷病の治療って、呪術に求めるものの最たるところなのに、それができる魔術師が大都市にしかいないのか？　教育機関まであるのに？

　この世界の魔法はよくわからない。火とか風とか出すより先にやることあるんじゃないか？

「セイカくんはすごいね」

　イーファが静かに言った。

「前は魔力を持ってないって言われてたのに、今じゃルフト様やグライ様と同じくらい魔法が使えて……ううん、それだけじゃなくて、昔からいやな思いをしても全然めげなくて。強いんだな、って思ってた」

　いやな思い……？　そんなことあったかな？　次兄に呆れたことは何度もあるけど。

むしろ転生してからの八年間はずいぶん気楽だった。

飢える心配も命を狙われる心配もない、弟子の心配もしなくていい環境は久しぶりだったからな。

ずっと居たいとは思わないけど。

「あー……そうかもね。でもそれはイーファも同じだと思うよ」

「え？」

「ほら、ぼくがグライ兄にいじわるされてた頃、イーファはよく隠された服とか靴とか見つけてくれたじゃないか。そのせいでグライ兄に目を付けられてからも関係なくさ。あれでぼく、すごく助かったんだよ」

これは割と本心だった。

今日のカーバンクルのこともそうだけど、この子には意外と芯がある。

「本当に強いってそういうことだと思うな」

「え、わ、わたしなんて全然！　あんまりそういうのに気づかなかっただけだよ。わたし、にぶいから。ぼんやりしてるってよく怒られるし……それに物を隠されてた時だって、わたしが気づくより先にセイカくんが見つけちゃってることも多かったし……」

そりゃ自分で探す時は卜占（ぼくせん）してたからなぁ。面倒だったけど。

「わたしは生まれもよくないし、取り柄もないし……全然、同じじゃないよ。セイカくんみたいに特別じゃない」

「はは、生まれがよくないのはぼくもだなぁ。それに……イーファも特別でしょ」

「え……？」

　ああ、やっと本題その一だ。

「君、普通の人には見えないものが見えてない？」

　イーファは明らかに動揺して言った。

「え……な、なんのこと？」

「実は、イーファが動物か何かの霊魂を目で追っているのは何度か見たんだ」

「セイカくんにも見えてるの⁉」

「まあ」

　ぼくの場合生まれつきだが、修業でも霊の類なら見えるようになる。

　しかし、それ以外は別だ。

「でも、それだけじゃないよね」

「……」

「ぼくにも見えない何かを目で追っているところは、それ以上に見てるんだ。イーファ、君は霊以外の何が見えてるんだ？」

「……すごいね、セイカくん。そんなことまでわかっちゃうんだ。死んだお母さんに、ぜったい誰にも知られちゃダメだ、って言われてたんだけどな」

そう言うとイーファは、宙空の何かに手を差し伸べる。

もちろん、そこには何も見えない。

「これはきっと、精霊なの」

「精霊……」

「うん。おとぎ話に出てくる、あの」

「……それは、どんな姿をしてるんだ？」

「丸くてぼんやりしてて、小さな羽が生えてるのが多いかな。でも小さな動物の姿をしている子も時々いるよ。鳥とかトカゲとか、魚とかモグラとか。たぶん力の強い子なんだと思う。そういう子が通った場所は、温かかったり、風が吹いたりしたから。……やっぱり、信じられないよね？」

「いや……信じるよ」

霊でも妖でもない何らかの存在は、前世でも感じたことがあった。

西洋の叡智を探す旅で出会ったケルトの呪術師、ドルイドは、宿り木で作った特別な杖を持っていた。

彼が言うには、その杖には精霊が宿っているとのことだったが……力の流れは確かに感じるものの、ぼくにその存在を見ることはできなかった。

――君ほどの者に見えぬのか？　この藍色のワタリガラスが。

あの意外そうな言葉は嘘には聞こえなかった。

やっぱりこちらの世界にもいたか……。

霊のような魂の残滓か、妖のような肉体に依らない魂か……あるいはまったく別の存在かもしれない。

「お母さんは賢明だったね。周りに知られても、たぶんいいことなんてなかっただろうし」

「……セイカくんでもなきゃ、信じてもらえないよ。きっと」

ああ、そうかも。

ぼくは訊ねる。

「ひょっとして、今日のカーバンクルやぼくの服を見つけられたのも精霊のおかげだった？」

「う、うん。あの子たち、魔力に群がるの。セイカくんの持ち物だけは……ちょっと特別だけど」

「特別って？」

「セイカくんの持ち物があると、精霊が変になるの。おかしいくらい群がって、中には酔っ払ったみたいにくるくる回り出す子とかいて……。だから近くにあればすぐわかったよ」

「へぇ……ちなみにぼく自身には？」

「それがね、セイカくんには全然。むしろ避けてる気がする。普通魔力の強い人、たとえば旦那様にはいつも何匹かくっついてるんだけど……だから、すごく不思議」

ふうん、なんでかな？　まあいいや。

「精霊って触ったり……は、できないよね。言うことは聞く？」

「ううん。人間とは無関係に、自由に生きてるような子たちだから」

「本当に全然？」

「うん……あ、そうだ。一回だけ」

イーファは思い出したように言う。

「一回だけ、お願いを聞いてくれたことがあったの。洗濯物を干してる時、鳥の姿の子たちが何匹も遊んでたんだけど……その時、風で旦那様のシャツが飛ばされそうになったから、やめてって怒鳴ったらみんな逃げちゃって。すぐ戻ってきたんだけど、その後はどの子もずっと大人しかったんだ。うん……それだけ。大したことじゃなくてごめんね」

「そんなことないよ」

言うことを聞いてくれる。それは大きな要素だ。

これはもしかするかも。

「イーファ。突然だけど、魔法が使えるようになりたくない？」

「えっ！　そ、それは……使えたらうれしいけど、でも無理だよ」

イーファは力なく笑う。

「わたしには全然精霊が寄ってこないもん。たぶん魔力がないか、少ないんだと思う」

「いやあ、魔力は要らないんだ」

ぼくは後ろ手に持ったヒトガタを媒介に、扉を開く。

「魔法はこいつらに使わせればいいから」

《召命(しょうめい)――人魂(ひとだま)》

位相から引き出した火の玉がいくつも現れ、橙(だいだい)色の炎を揺らしながらぼくの背後に浮かんだ。

……というかあっついなこいつら。ちょっと離れよう。

「え、え、なにこれモンスター!?　セイカくん、どうしたのこれ!?」

「えっと……拾った」

「拾った!?」

一応嘘じゃない。前世で墓場に浮かんでたのを回収した。地味に火事の原因になったりして危険だからな。

不可視の式神で押してやると、人魂はなされるがままイーファの方へ漂っていく。

「霊魂に近いモンスター、かな。人間を襲うようなやつじゃないから安心していいよ」

「うん、なんか熱いけど……」

「じゃあ火を消してみようか」

「え？」

「お願いしてみてよ。風の精霊にしたみたいに」

「うん……わかった。やってみる」

イーファは人魂を眺めた後、何かを念じるようにぎゅっと目をつぶる。

そのまま、半刻（※十五分・四八刻法）ほど過ぎた。

特に何も起きない。

「セイカくん。火、消えた？」

「消えてない」

「えー！　こんなに頼んでるのに……」

イーファががっくりと肩を落とす。

「声に出してみたらどうかな。霊にはあんまり関係ないけど、気持ちが入るから」

「わかった……消えてください。お願いします」

「……」

「どうかお消えになってください。本当にお願いします」

「……」

「その、本当に……お願いですから……」

消えない。

「……もうっ！　消えてっ‼」

消えた。

まるで水でもかけたように、すべての炎が見えなくなった。周りの温度がすっと下がる。

「えっ、あ、い、いなくなっちゃった⁉」

「いるよ。ほら」

イーファが振り仰ぐと、宙空からぽつぽつと小さな火がちらつき出す。

「……出てこなくていいよ」

イーファが睨んでそう言うと、火はぎゅっと小さくなる。

おお。

「いいね。もう少しやってみようか」

そこから二刻（※一時間）ほど。

何度も火の玉を出したり消したりしているうち、イーファは声に出さずとも人魂を操れるようになっていた。

「こ、こんな感じ？」

「上達が早いな。これならすぐに炎の向きや強さも操れるようになるよ。きっとね」

ぼくは内心満足していた。

前世では、化け狐の類がよく人魂を操っていた。

どんな妖使いでも、意思のほとんど見られない人魂は普通操れない。しかしぼくは、化け狐にできるんだから人間にもできるだろうと、ずっと研究を重ねていたのだ。

結局、自分も弟子もどうやったってうまくいかず、半ばあきらめかけていたのだが……まさか異世界でこんな才能のある子を見つけられるなんて思わなかった。

同業者に変人扱いされながらも、コツコツ人魂を集めていた甲斐があったよ。

「いずれは化け狐の炎術……じゃなかった、火属性の魔法と同じようなことができるはずだよ」

「ほんと⁉」

「それだけじゃない。イーファの見えてる精霊にだって、お願いを聞いてもらえるようになるかもね。おとぎ話の王女様みたいに」

前世のドルイドができてたんだ。そっちも不可能じゃない。

「すごい……セイカくんはなんでも知ってるんだね」

「なんでもは知らないけど、けっこう勉強がんばってるからね」

「わたしもこれ、がんばってみる！　なんの役にも立たない特技だと思ってたけど、少しは自信、持てそうだから！　ありがとう、セイカくん」

うんうん。がんばれがんばれ。

ぼくも運がいい。転生して早々に、こんな才能を見つけられたんだから。

まあこの子では少し力不足だろうけど……仲間はいた方がいいからね。

「そうだ、イーファはここを出て行きたいって思うことはある？」

「えっ……？」

「いや、脱走とかじゃなくてさ。奴隷は解放されても、その家の使用人として働いたりするだろ？　イーファのお父さんもそんな感じだし。奴隷の身分でとはいえ、ずっと住んでいた場所を離れるのはやっぱり大変なんだろうけど、イーファはどう思ってるのかなって」

「わたしは、出て行きたいな」

イーファは、きっぱりとそう言い切った。

「ここが嫌いなわけじゃなくて、いろんなところに行ってみたいの。いろんなことを知りたいし、いろんなものを見てみたい。この国ってすごく広いんでしょ？　だから、ずっとここにいるのはもったいない気がするんだ。いつか自由になれたら、きっと……」

「ふうん、そっか」

イーファの目は、どこか遠くを見ているようだった。

やっぱり、この子大人しい割りに活力があるな。

かつてのぼくと似て……ないか。

ぼくの衝動はこんなに前向きなものじゃなかった。

「あ、そうそう。イーファにはもう一つ用事があったんだ」

「なに?」

「これから何度か家を空けるけど、みんなには適当に誤魔化しておいてくれないかな。体調が優れなくて部屋で寝てる、とか言って」

「う、うん。いいけど……」

「あちこち一人で見て回りたいんだよ。でもグライ兄に邪魔されたくないから。お願いね」

そう言うと、イーファは納得したようにうなずいた。

こっちはこれでよし。

明日から下準備を始めよう。

そろそろ戻らなきゃと、屋敷へ慌てて帰っていくイーファに式神を一枚貼り付ける。

水(すい)の相の術を付したヒトガタ。もちろん、万一のための消火用だ。

人魂で屋敷が燃えたら大変だからね。

其の四

それから半年ほどが経って。

誕生日を迎え、ぼくは十二歳になった。

こちらの文化では数え年ではなく、生まれた日を迎えて一つ年をとる。前世で元日が祝いの日だったように、こちらでは誕生日を祝う風習があった。

腫れ物扱いのぼくには、そういうのなかったけど。

ルフトやグライの誕生日は食事が豪華になって贈り物とかもらってたんだけどなぁ。さすがに疎外感ある。

妾の子は辛いぜ。ぼくにはどうでもいいけど。

「……」

と、朝食の席でそんなことを思う。

家族がみんな揃っているのに、かちゃかちゃと食器の音だけが鳴る静かな食卓。

まるで昨日がぼくの誕生日だったことに触れないための沈黙みたいで、ちょっと可笑しかった。

と言っても、特別話すようなこともないか。最近変わったこともないし。

強いて言うなら、グライが魔法学園に行くんだと息巻いてることくらいか。

奴ももう十五歳。そろそろ自分の行く末を決める年だ。ルフトと違って家を継げないグライは、来春の試験を受けて帝立魔法学園の高等部に編入し、魔法学の研究者としての道を進むつもりらしい。数年前からずっと言っていた。

ただ、息巻いているだけで特別勉強したり、魔法の練習をしたりといったことはない。

高等部の試験の内容は知らないけど、それでいいのかグライよ。

そんな黙々とパンに齧り付いている場合なのか？

「今日は街の参事会に顔を出す。日暮れには戻るから後を頼むぞ」

「ええ、気をつけて」

父ブレーズがそう告げると、育ての母が静かに答える。

それが合図だったかのように、程なくして朝食の席はお開きとなった。

なるほど。

そう言えば今日は家庭教師もなかった。

さて、どうするかな。

別棟の離れへと、屋敷の庭を歩いていく。

イーファに用があり、どこにいるのか侍女に聞いたところ、今は客人用の離れを掃除しているとのことだったのだ。

人魂の様子を訊くと共に、ちょっと注意しておきたいことがあった。

「おいセイカ！　待てよ」

離れの近くまで来た時、急にそんな風に呼び止められた。

振り返ると二人分の人影。

「グライ兄。ルフト兄も。どうしたの？」

「セイカ！　今日からおまえに剣を教えてやる。感謝しろよ！」

は？　なんだいきなり。

よく見ると、二人とも練習用の木剣を手にしている。

首をかしげるぼくに、グライがやかましい声でがなりちらす。

「おまえもう十二だろ。家を出た後のことは考えてるのか？」

「うーん……別に」

「いつまでぼんやりしてるつもりだ？　おまえは家を継げないんだぞ、わかってるのか！　言っておくが、格式あるランプローグ家が役にも立たない魔力なしの、しかも妾の子をいつまでも屋敷に置いておくなんてありえないからな！」

お前も家を継げるわけじゃないのに、よくそこまで家長面できるな。

「しかもおまえの場合、おれのように魔法研究の道を歩むこともできない。となると、もはや軍にでも入る以外にない……。そこでだ、今日からおれたちがおまえを鍛えてやろうってわけだよ。ありがたく思えよ」

「……セイカも知ってる通り、僕たちは従士長のテオに剣を習ってるんだ。だから少しは教えられると思う。もちろん、セイカがよければだけど」

ルフトがそう引き取った。

ふうん、剣か。

どうせグライがぼくをボコボコにしたくて言いだしたんだろうけど、ちょっと付き合ってやってもいい。

「いいよ。どこでやる？」

「ここでいい」

グライが一振りの木剣をぼくの足下に投げて寄越す。

「素振りなんてしてもおもしろくないだろ？　早速模擬戦といこうぜ」

「グライ、ちょっと……」

「おれは春には家を出るんだ。それまでにたっぷり教えてやるよ」

舐めた仕草で構えるグライを尻目に、ぼくは木剣を拾う。

剣術なんて何十年ぶりだろう。

ぼくが習ってたのは太刀の流派で、かたやこちらは片手持ちの直剣だけど、応用できるかな。

「うん、ぼくも素振りはもうやりたくないな。ルフト兄、審判やってよ」

そう言って、ぼくも木剣を正眼に構える。

「……グライ、手加減するんだぞ。それでは、はじめ」

とりあえず、待ちの姿勢をとることにした。

切っ先を相手の目に向けたまま、グライの出方をうかがう。

……む、意外にも慎重だなこいつ。

それから数合打ち合うも、フェイントと牽制ばかりで本格的に攻めてこない。

「グライ、どうしたんだ？　いつものように攻めないのか？」

「う、うるさいっ。こいつ、隙が……っ」

仕方ないな。ならぼくの方から……、

「ル、ルフト様っ、ルフト様――――ッ‼」

と、突然響いた声に、ぼくもグライも剣を下げる。

見ると、使用人の一人が息を切らし、ルフトの下へ駆けてくるところだった。

「どうした！　何があった」

「そ、それが、市街地の近くに大型のモンスターが出たと」

ルフトが表情を変える。

「モンスター⁉　それで、どうしたんだ！　被害は？」

「ひ、被害は幸いにも、居合わせた旦那様が火の魔法で撃退されたために、大事にならずに済んだと」

「そうか。それなら……」

「し、しかし、モンスターは再び森へ逃げ込んだとのこと。もし山沿いに逃げるようなら、こちらに向かう可能性もあるのだそうです！　ですから、今日明日は決して屋敷から出ないようにと旦那様から言(こと)づてが」

その時、巨大な気配を感知し、ぼくは剣を捨てて式に意識を向ける。

「来るよ、ルフト兄」

「セイカ？　何を……？」

大きな物体が大地を蹴る音。

そして、突如現れた巨大な影が、轟音と共に近くにあった離れの壁へと激突した。

「なっ、何だ⁉」

離れに埋まる赤黒い影。

その粘液に覆われた巨体がゆっくりと頭を起こす。

それは、とてつもない大きさのサンショウウオだった。

「エ、エルダーニュート⁉　しかも、なんだこの大きさは⁉」

体長は三丈（※約十メートル）にも及ぼうか。

そののっぺりとした頭などは見上げるほどの高さにあった。

まるで鯨だ。山の主かな？

「う、うわああああああっ‼」

「っ！　逃げろ、屋敷に逃げ込むんだ‼」

情けない悲鳴を上げて真っ先に駆けだしたグライ。その後を、半泣きの使用人とルフトが続いていく。

まあそうなるよね。

「セイカ！　お前も早くっ」

背中にかけられるルフトの言葉を聞き流す。

ぼくはまだ引けない。

「げっ……」

その時、ギョッとするような光景が目に入った。

離れの瓦礫(がれき)の傍(かたわ)らに、数人の侍女(メイド)と、イーファの姿があったのだ。

腰を抜かしたように動けないでいる侍女(メイド)の一人を、イーファが懸命に引っ張っている。

そのちょこまかとした動きが本能に触れたのか、エルダーニュートの頭がイーファへと向いた。

真っ黒な眼球が、獲物を見定めるようにぐりぐりと動く。

まずい、これは……。

突如、顎が大きく開けられる。

それがイーファへと襲いかかる瞬間――橙色の炎の壁が、イーファを守るように立ちはだかった。

「グゥ――――ッ‼」

潰されたカエルのような声を上げ、炎に触れたエルダーニュートがのたうち回る。

なんだ今の。人魂がイーファを守った……？

いや、あの自然現象みたいな妖にそんな意思があるとは思えない。となると……あれはイーファ自身がやったことか。

「……いいね」

ぼくは小さく笑い、組み上げていた即死級の呪詛を崩す。

こっちを使わずに済んでよかった。危うく台無しになるところだった。

イーファと侍女たちはもう逃げたようだし、大丈夫だろう。

巨大サンショウウオへ、ぼくはゆっくりと近づく。

パニックから回復した奴は、順当にぼくを次の獲物に選んだようだった。

迫り来る赤黒い巨体。

ぼくはそいつに杖を向ける。

このモンスターはやっぱり炎が苦手みたいだ。それなら火の魔法で倒して見せた方がいいだろうな。

エルダーニュートは水属性。五行において水と火は相剋の関係にあるが、同時に強い火は水の相剋を受け付けない逆相剋の関係でもある。

そしてサンショウウオは裸虫。裸虫は土行。土を締め付けるは木の根、すなわち木行。

という旧来の五行思想とは無関係に組んだ術だが、図らずも沿ったものになってしまった。

まあ……効くならなんでもいい。

《木火土の相――毒鬼火の術》

ぼくの放った青い火球が、エルダーニュートの下顎に弾けた。

断末魔の唸り声をあげながら、またもや巨体がのたうつ。

だが、今度はそれも長くは続かなかった。

エルダーニュートは、次第にその動きを弱々しくしていき、やがて腹を上に向けて痙攣し始める。

そして、ついには動かなくなってしまった。

「調伏完了、と」

そんなに強い炎ではなかったものの、エルダーニュートは完全に息絶えていた。

それもそのはず。ぼくが鬼火に混ぜていたのは毒だったからだ。

東ローマ帝国領で栽培されていた除虫菊は、虫やカエル、蛇などに強く効く一方、人間には無害という変わった毒を持っていた。

その成分を木の気として呼び出したのが今の術だ。燐の炎で気化し、皮膚の粘膜から吸収された除虫菊の毒は、サンショウウオにはさぞよく効いたことだろう。ぼくも多少吸い込んだだろうがなんともない。

ちなみに術として使うのは初めてだった。

よかった。うまくいって。

「セイカが……モンスターを倒した……？」

ルフトの声。呆気にとられた顔をしている。

あ、まだ逃げてなかったんだ。

「今のは、セイカ様が……？」

「あ、あれほどのモンスターを、一撃で……」

「セイカ様が……セイカ様がエルダーニュートを倒されたぞ!!」

屋敷のそこかしこから、歓声と拍手が起こる。

どうやら、みんな騒ぎを遠巻きに見ていたらしい。

いいね。望んだ展開だ。

そう言えば今生でここまでの称賛を受けるのは初めてだったな、とぼくは気づく。

なんだかむずがゆい。

前世でも、こういうのはついぞ慣れなかったっけ。

ぼくの首功は、すぐに屋敷の全員の知るところとなった。

その結果。

夕食が豪華になりました。

「うわぁ……」

すごい、子豚が丸々一頭あるよ。今日の今日でよくこんなの用意できたな。

「よかったね！　これ、セイカくんのお祝いだよ」

配膳を手伝っていたイーファから笑顔で耳打ちされる。

そう言われるとこそばゆい。

でもどうせなら昨日用意してほしかったな。

いや誕生日なんて気にしてないけど。

「今日は、私の息子がすばらしい武勲をあげたようだ」

食事が始まると、父がおもむろにそう切り出した。

「あれほどのエルダーニュートは私も初めて見た。おそらくは山奥で年経た個体だろう。あれを倒すのは、熟練の冒険者でも容易ではなかっただろうな」

「セイカは勇敢でしたよ、父上。離れのそばにいた侍女(メイド)を助けるために向かっていったのです」

おお、ルフトが褒(ほ)めてくれたよ。この兄はまともではあるけどぼくに関わらないようにしてたふしがあったたから、ちょっと感動だ。

って、ちょっと待て、グライがすっごい睨んできてるんだが……。そんなに気にくわないのかよ、ぼくの手柄が。

あと母親も目を合わせようとしない。まあこっちは仕方ないか。

「ありがとうございます。父上、兄上」

「今夜の食材は商会からの祝いの品だ。後日参事会からは感謝状が、冒険者ギルドからは討伐証明書と勲章が授与されることになっている」

「そうなんですか。大変な名誉です」

「それで、セイカ。お前はあのモンスターをどのように倒した？　父に聞かせてくれないか」

「はい。炎が苦手なようでしたので、火の魔法を使いました」

「……」

あれ、なんだ？　もしかして怪しまれてる？

「えっと、あとは無我夢中でしたので、あまり難しいことを考えたりは……」

「……その通り、エルダーニュートは水属性のモンスターだが、実際には火に弱い」

少し間を置いて、父は何事もなかったようにそう返した。

「よく知っていたな」

「書物にて読んだことがありました。それと、父上が一度火の魔法で撃退したと聞いていましたから」

「……いい判断だ。それによく勉強している。だがセイカ、これで慢心はするな。次に同じモンスターと対峙して同じように倒せるとは限らない。戦う必要がない時は、まず逃げることを第一に考えなさい」

「はい父上。ぼくも運がよかったと思います」

その通り。ぼくでも千回戦えば一回くらいは……いやあの程度の相手なら負けようがないか。

「しかし、立派な行いだったのは事実だ。私からも褒美を出さねばなるまい。セイカ、何か望む物はあるか？」

「それでしたら父上。お願いがあります」

ぼくは本題に入る。

「ぼくには魔力がありません。しかしそれでも、ぼくは魔法をあきらめきれずずっと一人で修練を重ねてきました。その甲斐あってか、今ではわずかばかりですが魔法を使うことができています」

　杖を取りだし、青白い炎をその先に点してみせる。

「魔法を使える。これまではその事実だけで満足していましたが、今回の体験を経て、ぼくの中に別の欲が生まれました。ぼくの魔法を、もっと誰かのために役立てたいという欲です」

「……」

　ぼくは一拍置いて言う。

「どのような形か、それはまだ決められていません。ですがぼくも、魔法学の大家、栄えあるランプローグ家の一子として、自分の能力で帝国に貢献したいのです。ですから、父上」

「ぼくを、帝立ロドネア魔法学園に入学させてください」

「なッ⁉」

　驚くグライの声を無視し、ぼくは続ける。

「魔法学園は高名な魔術師を数多く輩出していると聞きました。ぼくもそこで自分の力を磨き、進む道を見極めたいのです。まだまだ未熟な身なので、初等部から。できれば来春から通いたいのですが」

　自分の中では渾身の演説だったが、父はしばらく黙ったままだった。

　静寂の食卓。

　だけど、ぼくは心配していなかった。

あれだけの手柄を立てたんだ。多少思うところがあっても、この程度は認めざるを得ないはず。

「……わかった。いいだろう」

「ち、父上っ？」

「だが、伯爵家だからといって試験の免除などはないぞ。自力で合格する、それが条件だ」

「はい父上。ありがとうございます。早速明日から試験勉強に励みます」

ついでに、ぼくは付け加える。

「それと、もう一つお願いがあるのですが」

「なんだ？」

「学園へ通うにあたり、そこにいるイーファを従者として付けてほしいのです」

「え、わ、わたし!?」

イーファが慌てているが、父は少し沈黙した後に、うなずく。

「その程度なら構わない。領地から出す以上は、所有主をお前に移しておいた方がいいだろう。餞別(せんべつ)だと思いなさい」

「ありがとうございます。加えて……イーファが学園に通うことも、許していただけないでしょうか」

「何？」

父は、今度は眉をひそめた。

「それは無理だ」

「どうしてです？」

「その娘の父親にも母親にも、魔法の才はなかった。平民の血が一代で大きな魔力を宿すことはまれだ。学園に通う意味はない。諦めなさい」

「それなら問題ありません。イーファは、すでに魔法の力を顕（あらわ）しています。今お見せしますよ」

ぼくは席を立ち、食堂の大きな窓を開けた。

それから、イーファへ歩み寄る。

「セ、セイカくん、わたし……」

「こっち」

そして、戸惑うイーファを窓の前へ連れて行く。

「イーファ。もし君がぼくと一緒に来たいと思うなら――――窓の外へ、全力で人魂の炎を放つといい。その時にはそうだな、炎豪鉾（フレイムノート）とでも唱えておけばいいよ」

小声でささやき、杖を手渡した。

イーファはしばらくぼくを見つめていたが――――やがて窓の外へ目を向ける。

静かに、杖で空を指す。

それは魔法の杖というより、部隊長の持つ指揮杖のようで――――。

「――――ふれいむのーと」

ごおっ、と。

橙色の炎の柱が、日の暮れ始めた空を刺した。

それはどこまでも伸び、広がり、外の景色を赤々と照らす。

「はぁっ⁉」

「炎豪鉾（フレイムノート）って、火の中位魔法だけど……でも、なんて威力だ……」

グライとルフトが席を立ち、愕然（がくぜん）としている。

懐かしい炎だ。

化け狐の炎術は山を焼くほどだが、今のは四尾（よんび）クラスはあっただろう。

上達が早い。やはりイーファには、霊の類を使役する才能があるな。

「いかがです、父上？　イーファは火の魔法にて侍女（メイド）をエルダーニュートから守りました。彼女は幸運にも魔法の才に恵まれて生まれたのです。ぼくは、この才を埋もれさせるのは惜しく思います」

父は驚いたようにしばらく沈黙していたが、やがてふっと目を伏せて言う。

「……いいだろう、好きにしなさい。ただし、試験に合格したらという条件は変わらない。いいな？」

「もちろんです。感謝します、父上」

　ぼくはイーファに向き直る。

「ごめん、勝手に進めちゃって。イーファは前、領地を出ていろんなところに行ってみたいって言ってたから……よかったら、ついてきてくれないかな」

「う、うん。セイカくん、わたしっ……」

「まだだよ。試験に合格しないといけないからね。これから春まで勉強漬けだから」

「うん、がんばるよ！　あ……従者になるなら、言葉遣いもちゃんとしなきゃ、ですね。セ、セイカ様」

「いいよ、これまで通りで」

「でも……」

「なんか変な感じだし、春からは同級生になるんだからね」

　あとユキと被るからやめてほしい。

「そ、そう？　わかっ……」

「――――納得できませんッ‼」

　突然、グライがテーブルを叩き、食堂に大声を響き渡らせた。

「父上、何を考えているのですかっ⁉　あの帝立魔法学園に魔力なしの落ちこぼればかりか、ど、奴隷まで入学させるだなんてっ！」

イーファが怯えたように縮こまる。

「それに父上！　ランプローグ家では代々、兄弟に同じ道を歩ませることはなかったはず！　魔法学園には来春、おれが編入するんだ！　伝統を破ってまでこいつを入学させる価値なんてない！　軍にでもやっておけばいいんだっ！　そうでしょう、父上！」

「……その通りだ、グライ」

ブレーズは静かに答える。

「ランプローグ家では、その魔法の才で広く帝国に貢献するため、兄弟に同じ道を歩ませることはない。そしてその伝統を、私の代で破るつもりはない」

「でしたら！」

「だからグライ――――お前が帝国軍に入りなさい」

「は……？」

グライは目を見開き、今度こそ絶句した。

何を言われたかわかっているかも怪しい。

「お前は体力も剣の才もある。きっと向いているだろう。従兄弟叔父（いとこおじ）のペトルスを覚えているな？　今は指揮官として東方の国境沿いに駐屯しているはずだ。入軍後にはそちらで面倒を見てもらえるよう連絡しておこう」

「な……なぜですか」

グライはあえぐように言葉を吐き出す。

「なぜおれがっ！　お、おれは次男だし、こいつと違って魔力もある！　なのにっ……」

「では訊くが、グライ。お前はこの数年間何をしていた？」

再び言葉を失うグライ。うん、それ言われたらそうなるよね。

「本来ならば学園の初等部で学んでいたはずの期間、新たな発見をしたか？　何かを試みたか？　自らの力を高めようと努力をしたのか？　グライ、私は剣にかまけ、街で品のない連中と遊び回るお前の姿しか見たことはなかったがな」

「っ……」

「研究者に一番必要な資質がわかるか？　意欲だ。お前からはそれが感じられない」

「で、でも……」

「一方、セイカは努力し、結果を見せた。それがすべてだ」

ド正論を聞かされたグライが、目を剥いて押し黙った。

顔色はもはや紫っぽくなっている。

「……決闘だ」

「ん？」

グライが、急にぼくを指さして叫ぶ。

「セイカッ‼　おれはお前に決闘を申し込む！　賭けるものは学園への進路だ‼」

「グライ、やめろって……」

ルフトが止めるも、グライは聞きもしない。

「お前が負けたら今すぐ家から出て行けッ！　わかったな‼」

「えーっと……」

いや、学費を出すのは親父殿なんだが？

そう思って父に目をやると、ブレーズは苦しげな顔で口を開く。

「セイカ、お前はそれでいいか？」

「ブレーズっ！」

ずっと黙っていた母が、急に声を上げた。

思わずそちらを見やると、さっと目を逸らされる。

ん……？　なんだ？

ぼくは困惑しながらも父に答える。

「ぼくは構いませんが」

「グライ、お前もそれで納得するんだな」

「ええ、父上。おれの方が魔法の実力が上だってことを証明して見せます。その暁には、研究者への道を認めてください」

「……いいだろう」

「グライ！　馬鹿なことはやめなさい。兄弟で決闘だなんてっ……」

「お前は黙っていなさい」

「ですがっ！」

「そうです、母上！　これはおれとセイカの問題なんだ。おれにだって譲れないものがあります」

「では決まりだ」

父が席を立つ。

「日時は明日の正午。ルールは帝国の正式な作法に準ずるが、真剣の使用と中位以上の攻撃魔法は禁止だ。立ち会いは私がしよう。今日は先に休む」

そう言って、父が食堂を出て行く。

いつの間にか、窓の外は夕暮れ時となっていた。

◆　◆　◆

「面倒なことになりましたね、セイカさま」

夜の自室。

窓から差し込む月明かりの下、ヒトガタを切り抜いているぼくに、髪の間から顔を出した細長い狐姿のユキがそう言った。

「ちょっとね」

「やっぱり……始末されるのでございますか?」

「――セイカ、少しいいかい?」

ノックの音と共に、長兄の声。

ユキがさっと髪の中に隠れる。ぼくも、紙とハサミを慌ててベッドの下に突っ込んだ。

「うん、なに? ルフト兄」

「入るよ……やっぱり、まだ起きてたんだね」

ルフトはそう言うと、灯りを天井に掛け、ベッドに座るぼくの隣へ腰を下ろす。

しばし、沈黙の時間が流れた。

なんの用なんだ?

「あの、ルフト兄……?」

「セイカ。少し遅れたけど、誕生日おめでとう」

「えっ」

「これ、プレゼント」

と、小さな木箱を手渡される。

「開けてみてよ」

上等そうな革紐をとって蓋を開ける。

中に入っていたのは、白く透明なペンとインク壺だった。

「これ……ガラス？」

「うん。ガラスのペンだよ。高位の土属性魔法を修めた職人が作っているらしいんだ。帝都で流行ってて、父上についていった時に買ってきたんだよ」

「どうやって使うの？」

「羽ペンと一緒さ。インク壺に浸して書くだけ。でも、羽ペンと違ってずっと使えるんだよ」

「へえ……」

「セイカは勉強熱心だから、羽ペンをすぐダメにしちゃうだろ？　だからちょうどいいと思ったんだけど……タイミングがよかった。学園に行ったら、ますます書き物の機会が増えるだろうからね。あと、たまには家に手紙を書くんだぞ」

「う……うん。ありがとう、ルフト兄」

それ以上言葉が思い浮かばず、ぼくは沈黙する。

しばし後に、ルフトが口を開く。

「ごめんな、セイカ」

「え……」

「ずっとよそよそしくてさ」

「……」

「なんというか……どう接していいかわからなかったんだよな」

「……妾の子だから？」

「というより、周りがね。父上も母上も、侍女たちも昔からあんな感じだったから、自分がどうするべきなのかわからなかったんだ。ほら、僕って主体性がないだろ？」

「そんなことないと思うけど」

「そう振る舞ってるだけさ。領主の長男らしくあるためにね。本当は臆病なんだよ。昔はセイカのことも怖がってたくらいだ」

「え……そうだった？　なんで？」

「んー……そう言えばなんでかな？　そんな記憶があるんだけど、忘れちゃったよ。子供の頃のことだからね」

ルフトは笑う。

「でも、今ではセイカが立派になってうれしいよ。兄として誇りに思う」

「ん……」

ぼくは口をつぐんだ。

この家の人間たちを家族と思ったことはない。

ぼくの家族は、前世で幼い頃に亡くした姉一人だけだ。

だから妾の子で腫れ物扱いという立場は、ある意味都合がいいと思っていた。

それだけに、ちょっと意外だった。

ぼくとの関係性を悩んでいた人間がいたなんて。

「手加減してやってくれよ、セイカ」

「え……」

「明日のことだよ。魔力を持ってなかったはずなのに、モンスターすら倒して見せたんだ。お前がグライに負けるはずがない。だから、ほどほどにな。それであいつも懲りるだろうから」

「……うん、わかった」

「まだ先だけど、学園に行ってもしっかりやれよ」

「うん。ルフト兄も、がんばって立派な領主になってね」

「立派な領主か。自信ないな」

「じゃあ、ぼくかグライ兄が代わりに継ごうか？」

「うーん、それも不安だな。やっぱり僕が頑張ることにするよ――それじゃあ、おやすみ。セイカ」

ルフトが部屋を出て行くと、ユキが再び頭から顔を覗かせた。

「贈り物ですか、セイカさま？　ふん、多少は気の利く人間のようですね。どうせ大した価値はないのでしょうけれど」

「こら、そういうこと言うな。それに……これは結構いいものだぞ」

手近なインク壺に浸し、ヒトガタに呪文を書いてみたが、なかなか書き味がいい。

帝都で流行っているというのも納得だ。たぶん高かっただろうな。

「気に入られたのなら結構でございますが、毒針が仕込まれているかもしれませんからお気を付けくださいね」

「大丈夫だよ」

「それは、どちらの意味で？」

「どちらの意味でも」

前世じゃないんだから、そんな心配しなくても大丈夫だし。

仮に毒針が仕込まれていても大丈夫、という意味。

「それより、今はあっちが問題なんだよなぁ」

「あっち？」

「ユキ、またちょっと隠れてなさい」

「え、セイカさま？」

ユキを髪の間に押し戻すと、ぼくは大きく頭を下げる。

次の瞬間。

窓から飛び込んできた風の刃が、ぼくの頭上を通り過ぎてドアを派手に切りつけた。

木片が床にパラパラと降る。

「あーあ。直せないな、これ……」

哀れなドアから窓の外に視線を移すと、人影が一つ。

二つの月明かりに照らされ、憤怒の表情でぼくに杖を突きつけるグライの姿があった。

行かなきゃダメだよなぁ、この流れだと。

どうやら、決闘は半日ほど早まるようだ。

月光に照らされた魔法の演習場。

屋敷から距離をおいたその場所が、深夜の決闘の舞台だった。

「気が早すぎじゃない？　グライ兄」

杖を強く握りしめ、こちらを睨みながら立つグライに、ぼくは言う。

「明日まで待てなかったの？　父上が立ち会いするって言ってたのに」

「――――黙れ」

グライが表情を歪める。

「黙れ黙れッ！　お前いつから、いつから企んでいやがった⁉」

「なんのこと？　魔法学園なら、七歳の頃からずっと行きたいと思ってたよ。グライ兄が楽しそうに教えてくれたんじゃないか。覚えてない？」

「お前……ッ！　いい気になるなよ……運が良かっただけのくせに！　たまたまモンスターが現れて、たまたま倒せてなかったら、軍にぶち込まれるのはお前だったんだッ‼」

「たまたま、ね」

ぼくは苦笑する。

「じゃあ兄さんが倒せばよかったのに。悲鳴あげて逃げるんじゃなくてさ」

「父上は屋敷から出るなと指示していたんだ！　それに従っただけだろうが！」

「なら父上に直接そう言ったら？　というかそもそも、兄さんは前々からの素行不良で見放されたわけなんだけど」

「素行なんて関係ない！　魔術師としての実力さえあればっ」

「だから、それを明日示すって言うんでしょ？」

「父上の条件じゃ生ぬるい……っ」

グライが杖を握りしめる。

「中位以上の攻撃魔法が禁止？　それじゃ実力なんて出せない。条件はなしだ、セイカ。どちらかが降参するか、戦闘不能で決着。負けたら明日、父上に勝負から降りると言え。そして家から出て行けッ」

「中位以上の魔法って危ないよ？　明日……喋れる状態でなんていられるかな」

「それになんの不都合がある」

「……」

「おれはな、セイカ。お前が昔から気にくわなかった」

「知ってるよ、兄さん。なんでか知らないけど、ずっと目の敵にしてたよね」

そういえば……どうしてなんだろう？

妾の子だからかと思ってたけど、本当にそれだけでこんなになるか？

……まあいいか。どうでも。

「眠いから早くしよう。じゃあいくよ。はい、始め――――」

「くたばれッ！」

グライの杖に、力が渦巻く。

「――――炎豪鋒(フレイムノート)‼」

杖から太い紅蓮(ぐれん)の帯がほとばしり。

夜を照らす炎は、勢いのままにぼくを飲み込んだ。

「どうだッ！　奴隷の使う魔法ごとき、おれならもっと簡単に扱えるんだよ‼」

「――――そう言うなら、もう少し威力出したら？」

炎が晴れた空間。

無傷のまま同じ場所に立つぼくを見て、グライが愕然と目を見開く。

「っ……風錐槍(ウインドランス)ッ‼」

風の槍が放たれる。

だがそれは、ぼくへは届かなかった。

風の槍は何もない空間にぶつかると、光の波紋を残して消滅していく。

ぼくにはそよ風すらも感じない。

「け、結界⁉　光属性の魔法だと⁉」

「へぇ、結界って光属性なんだ」

ぼんやりと呟く。

ヒトガタ八枚を使った簡単な結界だが、グライに破られそうな気配はない。

ぼくは、新たなヒトガタを手に取った。

――グライの髪の毛が、蝋（ろう）で押し固められたヒトガタを。

「風錐槍（ウインドランス）ッ！　風錐槍（ウインドランス）ッ！」

「うるさいなぁ。もう魔法禁止ね」

グライのヒトガタに呪力で印を描く。

グライがまた、術名の発声と共に杖を振り下ろした。

が、今度は何も起きない。

「……？　風錐槍（ウインドランス）ッ！　クソッ、炎豪鉾（フレイムノート）‼　なんだ、魔法がっ……？　お前、何しやがったッ！」

「あと動くのも禁止」

ヒトガタを呪力を込めた手で叩く。

すると、ぼくに詰め寄ろうとしていたグライが、急に動きを止めた。

「な、う、動け……こ、これは、闇属性の……？」

「闇属性なの、これ？」

確かに闇っぽくはあるけれども。

こちらの光と闇属性って、陰陽道の陽と陰に対応しているわけじゃ全然ないみたいだな。

「はぁ……」

ぼくは溜息をつきながら、無造作にグライへと近づく。

そしておもむろに、ヒトガタの右足部分を握り潰した。

「があぁぁぁぁぁぁあッ！」

グライが悲鳴をあげて右膝をつき、地面に倒れ込む。

まともに手もつけなかったから顔が土まみれだ。

「ねえ、グライ兄。条件なしって言うならさ、グライ兄は剣を持ってくるべきだったんじゃないかな。剣術は多少得意なんでしょ？　まあこうなったら関係ないけど」

と言いながら、左手部分を握り潰す。グライはまたもや悲鳴を上げる。

「お、おお、お前っ……なんだ、この、魔法……こんなの、聞いたこと……」

「それだよ。おかしいと思わない？」

　ぼくは地に伏すグライの周囲を歩きながら喋る。

「魔術はなんでもできるんだよ？　なにせ、世界の理に割り込む技術だからね。人を遠くから呪い殺せるし、求める物の在処や未来がわかる。どんな傷や病だって治せるし、場合によっては死や、魂すらも思いのままだ」

　喋りながら、ぼくはヒトガタの左足、右手を握り潰していく。

「それなのに四属性魔法ときたら、火だの風だのって……よくそんなどうでもいい使い方できるよ。もったいないとは思わないのかな。ねえ聞いてる、グライ兄？」

　見ると、グライは息も絶え絶えの様相だった。

　さすがに四本目には悲鳴も出なかったな。

　ちなみに今は痛みだけで無傷だが、このまま放っておくと数日かけて手足が腐っていくことになる。

　これが呪詛だ。

「どう、グライ兄。降参する？」

「降参、す……許し……」

「許すよ」

　ヒトガタを一撫でする。

すると、握り潰した皺はすべて伸び、まるで新品のように元通りになった。

ぼくは蝋で貼り付けていた髪の毛を剥がし、その辺に捨てる。

これで呪詛は完全に解けた。

「う、あ……」

「まあ、もうしばらくは動けないか……。でも約束は守ってもらうよ。明日父上に勝負から降りると伝えて、さっさと家を出て軍に入ること。これ以上うだうだ言わないでね。じゃ、そういうことで」

振り返りもせず、ぼくは演習場を後にする。

やれやれ、余計な手間がかかったな。

「ふん。あの程度でセイカさまに挑むなど、まったく身の程知らずの人間ですね」

髪の間から、狐姿のユキが顔を覗かせる。

「でも、よろしかったのでございますか？　セイカさまの力の一端を見せてしまったのに、生かしておいても」

「ルフトと約束したからね」

ほどほどにするって。

兄上の予想通り、これで懲りるといいんだけど。

◆　◆　◆

翌日。

グライは寝込んだまま起きてくることはなく、決闘はぼくの不戦勝ということになった。

ちなみに熱を出したのはぼくのせいじゃない。

そういうわけでグライは順当に軍に入ることになったわけだが……ま、あんな目に遭った後ならどんな訓練もぬるく感じるだろう。

感謝してほしいもんだ。

毒鬼火の術

リンの炎に除虫菊（シロバナムショケギク）の毒であるピレスロイドを乗せる術。これは哺乳類や鳥類に対しては毒性が低いが、昆虫や両生類、爬虫類には強力に作用する。蚊取り線香の有効成分でもある。除虫菊の原産はセルビアで、セイカが訪れた十一世紀当時は東ローマ帝国領だった。

其の五

無事不戦勝となった翌日の早朝。

ぼくは、屋敷の裏に広がる山林の中にいた。

「はあ……はあ……」

獣道すらない山中はきつい。今生の体ならなおさらだ。

ただ幸いなことに、目的地ははっきりしていた。

「……やっと着いた」

ぼくは息をついて顔を上げる。

目の前にいたのは――森の中に横たわる、巨大な人間だった。

身の丈は五丈（※約十五メートル）にも及ぼうかという、筋骨隆々の大男。

首からは巨大な数珠(じゅず)をさげ、装束と呼べるものは腰に穿(は)いたボロボロの山袴(やまばかま)のみ。

そのような存在が、背をこちらに向け、山に横臥(おうが)していた。

「おーいっ！」

大男に向け、声を張り上げる。

すると巨大な禿(は)げ頭がぐるりと振り返った。

顔の中央にただ一つある眼球。それがこちらを向き、ぼくを見据える。

巨人が体を起こす。

ぼくを捉える単眼が、大きく見開かれる。

「オオオォォォォォォオオオオオッ‼」

雄叫び(おたけ)びだった。驚いた鳥たちが次々と木から飛び立つ。

大男が上体を大きく乗り出す。

そしてぼくのすぐ近くに手をつき、巨大なひげ面をこちらへ寄せた。

その口が開く。

「オオオオオッ！　お久シュうゥ！　お久シュうごぜェますぅ、ハルヨシ様ァ‼」

ぼくは無骨なひげ面を見上げ、微笑(ほほえ)みかける。

「ほう、入道。お前もこの姿のぼくがわかるか」

「何を間違えマしょうかァ！　その禍々(まがまが)シ呪力の紋様、ハルヨシ様でなく誰ぞありマしょうやァ」

大男はボロボロと、巨大な単眼から涙をこぼす。

「あなウレしやァ、あなウレしやァ。オデはマた、ハルヨシ様ニ仕えらるるノでごぜェますなァ……」

「ふん、入道。調子に乗るんじゃないですよ。一番最初に呼んでもらえたのはこのユキなんですからね……入道！　聞いてるんですか、入道っ！」

「むむっ？　そこニおルは、管狐の娘ッ子！　懐かシ顔だべ、長かッタでなァ……いがッダなァ、おめも呼ンデもらエたべか。いがッダいがッダ」

「ふん、当然です。ユキが一番最初なんですからねっ！」

ぼくは妖(あやかし)たちのやり取りを聞きつつ、ほっと息を吐く。

この姿だ。侮(あなど)られて暴れられるかもしれないと心配していたが……大丈夫そうだな。

「いきなり呼び出してすまなかったな、入道。ぼくがいなくてお前も戸惑ったことだろう」

「構わねェでごぜェます、ハルヨシ様ァ。だけンども……オデはいったい、何さスればいがッダのでごぜェましょう？」

入道は困った顔をする。

「出テきタ所は、都(みやこ)どころカ日本ですらネェ様子。ハルヨシ様の式を追いカけ、アちらへフラフラ、コちらへフラフラしておりまシたが、ここらで結界にテ進めなくナり申した。どしたラいいかワカらんぐて、横ンなってタでごぜェますが……これカら如何(いか)んスれば？」

「いや、もうお前の仕事は済んだ」

ぼくは言う。

「式を追い、山を歩き回ってくれるだけでよかったんだ――適当なモンスターを、住処から追いやってほしかっただけだからね」

「もんすたぁ?」

「妖のようなものさ。お前にとっては、取るに足らないものばかりだっただろうがな。いなかったか? ——大きなサンショウウオみたいなやつとか」

「ああァッ、おッたでごぜェます、それらし獣がァ。珍シと思うたけンども、ずいぶんとまァ臆病で、すぐ逃げられテ仕舞イ申したがァ……あのよなモンがご所望だッたので?」

「ああ。十分役に立ってくれたよ」

たまたまモンスターが現れて、たまたま倒せてなかったら……とか言っていたグライを思い出す。

笑える。たまたまなわけないだろうが。

山に入り、式を飛ばしてモンスターを調べ、入道の姿を隠す結界用の呪符を貼り、扉を設置した。

半年前からコツコツと準備してきたことだ。

すべては入試が迫ったこのタイミングで首功をあげ、ぼくの要望を父に認めさせるために。

モンスターが街の方へ行ったりと、いくらかアクシデントはあったものの、概ね思い通りにいってくれた。

ちなみにグライの髪を仕込んだ呪詛用のヒトガタだって、前々から用意していた物を使っただけだ。

ルフトやブレーズ、それどころか使用人を含めた屋敷全員分のヒトガタを、ぼくは万一に備え拵えていた。もちろん、イーファのものも。

転生してから九年。準備の時間はいくらでもあったからね。

「入道」

ぼくは一つ目の巨人に告げる。

「かの世界での最後の戦いで、ぼくは大きく力を失った。今生での肉体は未だ童のそれ。かつて無双を誇った陰陽師は見る影もない――――だが、ぼくはこの異世界で、あの頃のぼくを越えよう。百万の妖を従え、神すらも恐れたかつてのぼくを」

「へ……へへぇッ！」

「今生での覇道に付き合え、入道。お前の力が必要だ」

「へへぇ――――ッ!!」

一つ目の巨人が平伏する。

「恐レ多き、恐レ多きイッ！　あなウレしやァ。懐かシ、かの日々。万の軍勢を蹴散らシ、強大な邪神をネじ伏セ、異国の英傑ヲ破ッたハルヨシ様の道行き。アの日々が再び、やッてくルのでごぜェますなァ。滾るでなァ、滾るでなァ」

「新たな景色を見せてやる。期待していろ」

ぼくは入道の背後に飛ばしたヒトガタの扉を開く。

光が漏れ、空間が歪み、それが巨人をも覆っていく。

「また呼ぶ――――それまでは再び、位相にて眠れ」

「へへェッ、ハルヨシ様ァ。いつデもお呼び立テをォ……」

空間の歪みへ吸い込まれていく入道。

その巨大な姿が完全に消え、扉用のヒトガタが手元に戻った時、ぼくはようやく息をついた。

「ふう、やっと一段落だな」

近くの木に貼っていた、結界用の呪符を細かく破る。

落ちた紙片は下草に紛れ見えなくなる。関連付けていた他の呪符も、すべて同じ末路を辿ったはずだ。

これで後始末はすべて終わった。

「それにしても、ずいぶん遠回りな方法をとりましたね、セイカさま」

ユキが顔を出して言う。

「生ぬるい世界に、力のない人間ども。セイカさまならば、あらゆることが望むがままだと思うのですが」

「忘れたか、ユキ。前世のぼくは、その力のない人間によって殺されたことを」

「む、それは……」

「ユキ、ぼくはね……今生では、そっち側になりたいんだ。大多数の、弱い人間。その一人にね」

入道には悪いが、ぼくは前世のような、暴力の覇道を行くつもりはない。

目立たず、上手に立ち回り、そしていつの間にか、望む物を手にしている。

そんな生き方こそが、きっと賢い方法だと思うから。

今回のことだって、その練習みたいなものだ。

前世でぼくに足りなかった狡猾さって――――たぶんこういうことでいいんだよね？

そしてまた半年が経ち、春になった。

「それじゃあ、セイカ。忘れ物はないかい？」

見送りに来てくれたルフトが言った。荷物は、すでに馬車へ積み終えている。

「大丈夫だよ。それにしても、見送ってくれる家族が兄さん一人とはね」

「仕方ないだろ」

ルフトが苦笑する。

「父上は今帝都だし、グライは軍。母さんは……」

「冗談だよ。兄さんさえいれば十分だ」

「口がうまくなったもんだよ。……イーファ。こんな弟だけど、助けてやってくれよ」

「は、はい！　ルフト様……ふぁ……あ、す、すみませんっ」

　あくびを漏らしたイーファが小さくなる。

「セイカ、また遅くまで勉強させてたのかい？」

「そりゃあもちろん。試験に合格しなきゃ学園には入学できないんだからね」

「あまり根を詰めすぎるのもよくないぞ。でもそうだな、ここからロドネアまで七日は馬車だからその間は……」

「馬車の中でも勉強だけどね」

「ええー……セ、セイカくん……」

　イーファが何か言いたげだが、時間が全然足りなかったんだから仕方ない。

「だけど、セイカもずいぶんイーファに入れ込んでるな」

　ルフトが笑いながら言った。

「ん？」

「そんな首飾りなんてあげてさ。安くなかっただろ。見目のいい従者をあまり着飾らせていると噂になるぞ？」

「何か勘違いしてるみたいだけど、この宝石みたいなの全部魔石だからね。これも学園生活のためだよ」

「……？」

イーファの次なる目標は、精霊にお願いして魔法を使うことだ。

そのためには精霊が周りに常にいてほしいところだが、残念ながらイーファには魔力がほとんどなく、魔力に集まる精霊は普段あまり寄ってこないらしい。

そこで、代わりに魔力を蓄えた鉱物、魔石を利用しておびき寄せることにしたのだ。

二人で山に入り、あちこち歩き回っては精霊の集まる露頭を探した。

冗談じゃないくらい大変だったけど、その甲斐あってかそれなりに質のいい原石をいくつか見つけられたので、街で加工してもらい首飾りにしたのだ。

イーファ曰く、結構集まってきてるらしい。よかったね。あの苦労も報われるよ。

「うーん、やっぱりセイカの考えることはよくわからないな」

「よく言われる。じゃ、そろそろ行くよ。ルフト兄」

「気をつけるんだぞ。あと休暇には顔を見せてくれよ」

「考えとく」

そう言って、ぼくはさっさと馬車へと乗り込んだ。

その後からイーファも乗ってくる。

「イーファ。どう、楽しみ？」

「うん、楽しみだよ！　セイカくんは？」

「そうだなぁ……」

ぼくは馬車の窓から外を見やった。

そのずっと先に広がる、異世界の街並みを想像しながら。

「……ぼくも少し楽しみだよ」

幕間　ブレーズ・ランプローグ伯爵、帝都にて

ブレーズ・ランプローグは、文机で開いていた書物を閉じた。

帝都にある高級宿の一室。

酒場の二階にあるような安宿とは違い、清潔で静かな部屋だったが――――今は少しばかり、学究に集中できない。

今日は、セイカがロドネアへと出立する日だった。

今頃は最初の街に寄り、宿をとったところだろうか。

自分の選択は正しかったのか。

どうもそればかり考えてしまう。

セイカは、ブレーズ自身の子ではない。
今から十二年前。黒いローブを着た謎の女が、まだ赤子だったセイカを屋敷へ連れてきたのだ。この子は――――ブレーズの弟、ギルベルトの息子だと言って。
ギルベルトは、兄であるブレーズから見ても変わっていた。

自由奔放で、貴族らしさの欠片もない。広い世界を見てみたいと、学園卒業後には冒険者になってしまったほどだ。魔法学の大家、ランプローグ伯爵家から冒険者になった者など、おそらく弟くらいだろう。

ただ、ギルベルトは優秀でもあった。

学園では首席。冒険者としてもめきめきと頭角を現し、あっという間に上位層の一人となっていた。一族の中には認めない者も多かったが、兄としては密かに誇らしかったものだ。

だから、初めは信じられなかった。

あの日、ギルベルトが、魔族領で消息を絶ったという報せを聞いた時は。

その数年後に謎の女がセイカを連れてきた時、ブレーズは、その子を孤児院へ預けようとは思わなかった。

もしかしたらすべて嘘かもしれないが——これも一つの縁だと感じたのだ。

妻は、魔族の子なのではないかと訝しんだ。

馬鹿馬鹿しいと思いながらも、セイカを育てると決めたブレーズ自身、その疑いも無理からぬことだとは理解していた。素性の怪しい子であることには違いない。ただそれでも……あの女は、どこか必死な様子でギルベルトの名を口にしたのだ。見捨てる気にはなれなかった。

同じように怪しむ者もいるだろうと、周りには愛人の子だということにした。もちろん二人の息子にも、本当のことは伏せたうえで。

だが時が経つにつれ……セイカが魔族の血を引いているのではないかという疑いは、ブレーズの中でも大きくなり出した。

この国では珍しい、黒い髪に瞳。それだけではない。

一歳になった頃から、セイカは魔法の力を顕し始めたのだ。

それはどの属性でもなく、ただ物を動かすのみの原始的なものだったが――――およそありえないことだった。

魔法と言語は密接な関係にある。それは、たとえ無詠唱を極めた魔術師でも変わりはない。

だから、言葉も話せぬ幼子が魔法を使うことなど、本来はありえないのだ――――生まれながらに魔法を扱えるとされる、魔族の子でもない限りは。

セイカの魔法は次第に強くなっていった。

二歳になる頃には、物を動かすだけでなく破壊するようになった。

小さな物から、次第に大きな物へ。そして次は、生き物へと。

セイカは喜ぶことも、おもしろがることもなく、淡々と玩具やベッドや、虫や鳥を壊した。

自分にできることを、ただ確かめているように。

セイカの魔法のことは、妻と一部の使用人以外には伏せていた。

ただ敏感な息子たちは、怯える妻から何か感じ取ったのだろう。

ルフトはセイカを怖がるようになり。

グライは逆に、敵意を向けるようになった。

セイカは、いったいどれほどの魔力を持っているのか。そう思い、三歳の頃に行った測定の儀式では――――予想に反し、どの属性の魔力もまったく有していないという結果になった。

これもまたおかしなことだ。魔力がなければ魔法は使えない。

もちろん例外はある。だがそれは、測定すらできない程度の魔力しか持たない者が、取るに足らない魔法を行使した、そんな事例だ。セイカには当てはまらない。

不思議なことに、儀式の夜以降――――セイカは目に見えてまともになった。

破壊の魔法を使うことが一切なくなったうえ、普通に会話することも増えた。時にはルフトよりも大人びて見えたほどだ。

このまま普通の子供として成長するのではないか――――そんな考えは、セイカが七歳になる頃に打ち破られた。

魔法演習でセイカが見せた、火の魔法。

あれは火炎弾（ファイアボール）などではない。

威力や色以前に、あの炎は魔法によるものではない。

おそらくは何か鉱物が燃焼したもの。つまりまったく別の魔法だ。

魔法から慎重に遠ざけていたにもかかわらず、セイカはまたもや独自の魔法を使って見せたのだ。

さらに言えば、先日のモンスター騒動も奇妙だった。

エルダーニュートの死骸を検分したが、あれは明らかに、炎によって倒されたものではない。火傷も外傷も少なすぎる。まるで、毒殺でもされたかのように。

付け加えるならば、あの奴隷の娘、イーファの見せた中位魔法も妙だ。

術名の発声はしていたが……あの魔法は、炎豪鉾（フレイムノート）とは微妙に異なる。

あれの父親は優秀な男だが、魔法の才はない。数年前に亡くなった母親も同様だ。

イーファは、近頃セイカと仲が良かった。関係がないとはどうしても思えない。

セイカには、父であるブレーズにも理解できないところがある。

だからこそ。

だからこそ、セイカが学園に行きたいと言いだした時、都合がいいと思った。

セイカを軍にやるのは危険すぎる。帝国軍は国防の要だ。万一があってはならない。

グライには悪いことをした。あの年で中位魔法を使いこなす優秀な子だ、学園でも結果を残せただろうが……背に腹は代えられない。

本当は、グライとの決闘にて、あの子の本性を見極めるつもりだった。

グライではまず相手にならなかっただろう。だから少しでも危険があれば即座に介入し、必要ならば――――セイカを殺すことすらも、考えていた。

幸か不幸か、それは叶わなかった。

だが、おそらくこれでよかったのだろう。

妻は未だに怯えているが……今のセイカは優しい子だ。

平民にも穏やかに接し、粗相をした奴隷も笑って許す。

もう無闇に生き物を殺したりはせず、それどころか部屋にいたクモをそっと掴(つか)んで窓から放したこともあった。

イーファと仲が良く、最近ではルフトとも打ち解けている。

そして、グライに対しても同じだ。

決闘の前夜。ブレーズの条件が気に食わず仕掛けてきたグライを、セイカは傷一つ負わせずに打ち負かした。

いったいどのようにしたのか、グライはついぞ語らなかったが……結果だけで十分だ。息子が今も無事に生きているという結果だけで。

周りの人間に恵まれれば、セイカは国を守る勇者ともなるだろう。

だが逆に――――もし裏切りや破滅に見舞われれば、人を滅ぼす魔王ともなり得る。

そんな気がしてならない。

学園は良いところだと、かつてギルベルトが言っていた。

願わくば――――今も、そうであらんことを祈る。

第二章　其の一

ランプローグ領を発ってから、今日で七日目。

ぼくは馬車の中で、イーファに背中をさすられながら、ぐったりと窓の外を見ていた。

「セイカくん、まだ気分悪い？」

「……悪い」

すっかり忘れてた。

ぼく、馬車ダメなんだった。

前世の西洋で乗ったけど、あの時もひどかったな……。

牛と比べて速すぎるんだよ。尻が痛いし、酔うに決まってる。

「……イーファはよく平気だね」

「え、うん。でもちょっと疲れたかな」

と言いつつぼくよりも百倍は元気そうだ。なんだか情けなくなってくる。

「あ、ほら。もうすぐだよ」

ぼくは無言で馬車の行く先を見る。遠くに、長大な城壁に囲まれた都市の姿が見えた。

学園都市ロドネア。

学究の徒が集まってできた城塞都市。
そこがぼくたちの目指す場所だった。

◆◆◆

御者に別れを告げた後、逗留予定の宿へと着いたぼくは、部屋に入るなりベッドに倒れ込んだ。

あー、気分悪……。

「セイカくん、大丈夫?」

荷物を置いたイーファが、ベッドの端っこに腰掛けて言う。

「うん……」

「セイカくんにも弱点があったんだね。意外」

イーファが小さく笑う。

ぼくをなんだと思ってるんだ。

「人間だからね……。あ、イーファの部屋は隣だって……」

「そ、そうなんだ。ふうん……」

「どうかした……?」

「わたしにも部屋、あるんだなって……」

「そりゃあるよ……道中の小さい街では、仕方なく大部屋だったり一部屋だったりしたけどさ……ここには何日も泊まるわけだし……」

「う、うん」

イーファはもじもじしながら言う。

「えっと……わたしの今のご主人様って、セイカくん、なんだよね……？」

「え、ああ……そうみたい……証書っぽいやつもらったよ、父上から……」

領主の奴隷を領地から出すというのは、いろいろあるらしかった。なんか法的ないろいろが……ダメだ、気持ち悪すぎてうまく考えられない。

「そ、その、セイカくんっ」

イーファが意を決したように言う。

「こ、今夜はわたし……こっちに来た方が、いい？」

ぼくは顔を伏せたまま虚ろに答える。

「え、なんで……」

「……」

「あ、食事の話？　ぼくちょっと食欲なくて……イーファ、適当に済ませてきてよ」

イーファはしばらく黙った後、はぁ、と溜息をついた。

「お腹すいた時に食べられるように、果物でも買って来るね」

「お願い……」

自分の荷物を置くからと、イーファは部屋を出て行った。

バタン、と扉の閉まる音。

「ふんっ！　はぁー、まったく！」

頭の上でユキがうるさい。

「どうしたんだよ……」

「身の程知らずにもほどがありますっ、あの娘！」

「何……？」

「セイカさまのご寵愛を受けようなど！　ただの従者の分際でっ！」

「え……？　あ、そういう意味だったの？　今のって」

思えば、イーファは今年で十四。

この世界では少し早いが、前世でならもう結婚していておかしくないような年齢だ。

ぼくはベッドの上でごろんと仰向けになる。

「イーファ、けっこう自分の身分を意識してるふしがあるからなぁ。気にしないでほしいんだけど」

「そうじゃないですよセイカさまっ！」

「え？」

「あの娘、セイカさまに惚れてますよ。ベタ惚れです！　奴婢の身分を逆に利用してあわよくば抱かれようという腹づもりなんですよ！」

「ええ……まさかぁ」

というかユキのやつ、言いたい放題だな。

「本当です！　ユキにはわかります！」

「ほう？　妖風情が人の心の何を知るか」

「少なくともセイカさまよりはわかるつもりです。女心とか」

言うなこいつ。どうせ宮廷小説かなんかで読んだだけのくせに。

ぼくは言い返そうとして……何も言い返せないことに気づいた。

そう言えば前世では、そういう縁にあまり恵まれなかった。

不老の法を完成させてからはまともな人間すら寄ってこなくなったからな。

「……どうせぼくには女心なんてわかりませんよ」

「すねないでくださいよセイカさまぁ。ちゃんと勉強しないと苦労しますよ？」

勘弁してくれ。

入学試験当日。

帝立ロドネア魔法学園にやってきたぼくたちは、まずその大きさに驚いた。

「わぁ……」

隣でイーファが感嘆の声を漏らす。

とにかく広い。何十万坪あるんだろう？

京の大内裏に迫るほどだが、どうやら裏にある森も学園の一部のようで、それを含めるならこちらの方がはるかに大きかった。

いくつもある学び舎もまるで城だ。

と。

「……ん？」

「どうしたの、セイカくん？」

「……いや、なんでもない」

あちこちに妙な力のよどみがあった。

まあ魔法の学園だし、何があっても不思議はないか。

改めて周りを見ると、ぼくたちと同じような受験者の子がたくさんいる。

「はーい、入学試験を受ける方はこちらですよー」

青空の下に受付が開かれると、皆ぞろぞろとそちらに並び出した。ぼくたちもそれに倣う。

「お名前を」

「セイカ・ランプローグです」

「まあ！　あのランプローグ伯爵家のご子息でいらっしゃいますか」

受付の女性が声を上げると、周囲がざわつく。

「マジかよ」「ランプローグって、あの有名な？」「今のうちに仲良くなっといた方がいいんじゃないのか」

え、ぼくの家ってこんなに有名だったの？

「ではこちらに手を」

いくつかの質問の後、受付の女性はそう言って魔法陣が刻まれた水晶玉みたいな物を差し出してきた。

「これは？」

「魔力を測る魔道具ですよ。私もランプローグ一族の魔力を拝見するのは初めてで、どのような結果になるか楽しみです。ちなみに、全属性に強く適性があれば白く輝くんですよ。まだ見たことはないですが」

「へえ」

言われたまま、水晶玉に手を乗せてみる。

が、何も起きない。

「……すみません、もう一度」

「はい」

やっぱり何も起きない。

「お、おかしいですね。少しお待ちいただけますか？　今予備をお持ちしますので……」

「いえ、たぶん意味がないと思います。ぼくには魔力がないらしいので」

「ええっ」

また周囲がざわつく。ぼくは不安になってくる。

「もしかして、魔力がないと受験できませんか？」

「これはただの事前確認なので、受験はできますが……その、実技試験がありますので……」

「じゃあ問題ないです。受験しますのでよろしく」

受付を離れると、周りからはひそひそとささやき声が聞こえてきた。

「魔力なし？」「嘘だろ？　ランプローグだぞ」「あいつどういうつもりなんだ」

別の受付では、イーファが職員と話している。

「お名前を」

「イーファです。姓はありません」

「平民の方ですか？」

「いえ……身分はセイカく、様の奴隷です」

また周囲がざわつく。

いやざわつきすぎでしょ。隣の受付も詰まってるよ。

「奴隷ですか。従者の方が入学することはありますが、奴隷はあまり例がないですね。法的には財産扱いですが、脱走に関して当園は管理責任を負いかねます。主人に伝えておいてください。ではこちらに手を」

イーファも水晶玉に手を乗せる。

するとぼくの時とは違い、うっすらと黄色っぽい光が現れた。

「火と風属性に適性があるようですが……弱い、ですね。実技があるんですが、受験されますか……？」

「は、はい。お願いします」

イーファが戻ってくると、ざわつきはうるさいくらいになった。

「魔力なしって、とんだ落ちこぼれじゃないか」「どうやって合格するつもりだ？」「コネだろ」「貴族野郎が」「所詮は成り上がりの伯爵家か、下品なものだ」「女みたいな顔して奴隷侍らせやがって」「学園に何しに来る気だよ……」

ふと熱を感じ、イーファを見てみると、周りに橙色の炎が微かにちらついていた。

目が据わっている。

「イーファ。火、漏れてるよ」

「え？　あわわわっ」

イーファが手を振ってかき消す。

ぼくは少し笑って、それから溜息をついた。

なんだか始まる前から逆境だな。でもこの方がぼくらし……、

「うるさい」

凛（りん）とした声が響いた。

ぼくの前を、紅葉のような赤い髪がふわりと通り過ぎる。

「邪魔。受付しないならどいて」

群衆はいつの間にか静まりかえり、その美しい少女に道を空けた。

「アミュ。平民」

「は、はいっ」

受付の職員が慌てて手続きをする。

「ではこちらに……」

「ん」

差し出される前に、少女は水晶玉に手を乗せた。

その瞬間――――眩（まばゆ）いばかりの白い光が、周囲を照らした。

職員が目を見開く。

「ええっ。この色、全属性の……」

「もういいでしょ」

「あっ、ちょっとっ」

少女は手を離し、まるで取るに足らないことのように踵(きびす)を返した。

周囲はまたしてもざわめく。

「全属性って言ったか？」「しかもあんなに強く……」「平民、だよな？」「王族の隠し子なんじゃないか」「まさか……」

「あの」

ぼくは思わず声をかけた。

赤い髪の少女が足を止める。

心臓が高鳴る。やっぱり、似ている。

「えっと、ありがとう」

「はあ？　なんであんたがお礼言うわけ？」

「それは……」

「言っとくけど、別にあんたの味方したわけじゃないから。有象無象(うぞうむぞう)がうるさかっただけ。それにね」

少女がぼくを指さす。

「あんたが一番ムカつくのよ。魔法も使えないやつが学園に来るなんて迷惑。どうせ家の力で合格するんでしょうけど、せめてあたしの邪魔だけはしないでちょうだい」

　そう言い残して歩き去る少女。

　その背を、ぼくはしばらく見ていた。

「どうしたの？　セイカくん」

「いや……」

　少し驚いただけだ。

　髪の色こそ違うが、前世で見知った顔に、よく似ていたから。

　幼い頃に亡くした姉と。

　その生き写しのようだった愛弟子──ぼくを殺したあの子に。

　筆記試験は問題なく終わった。

　が、イーファはそうじゃなかったらしい。

「どうしよう、セイカくん。間違えたかも……」

「うーん……実技で挽回するしかないな」

　涙目のイーファを慰める。

「うう、あんなに勉強したのに……」

と言っても、準備期間が半年しかなかったからなぁ。こればかりは仕方ない。

実技試験の会場は外だった。

受験者の前方には、六つの石板が並んでいる。

「あの的を狙い、魔法を放ってください」

丸眼鏡の試験官が説明する。

「左から、火、土、水、風、光、闇の順で並んでいます。好きな属性の的を選んでください。いくつでも構いませんが、加点方式ですのでなるべく挑戦する方が得です。ただし、異なる属性の的に攻撃しないでくださいね。耐属性の魔法陣が効かずに傷んでしまいますので」

なるほど、失敗を気にせず挑戦できるのか。良い試験だ。

「燃え盛るは赤！　炎熱と硫黄生みし精よ、咆哮しその怒り火球と為せ、火炎弾(ファイアボール)！」

「弾けるは黄！　巌育(いわおはぐく)みし精よ、割れ砕きてその怒り礫(つぶて)と為せ、石礫弾(ストーンブラスト)！」

「湧き上がるは青！　冷泉(れいせん)と氷雨(ひさめ)の精よ、凍てつきその怒り白槍(はくそう)と為せ、白氷槍(アイシクル・スピアー)！」

隣の試験場ではすでに始まっていた。

皆威勢よく呪文詠唱しているが、一属性だけ選んでいる者がほとんどだ。その出来も微妙。

今くらいの時期に無詠唱、複属性を学んでいたルフトやグライは、実は優秀だったみたいだ。

「あ、わたしの番みたい。行ってくるね、セイカくん」

「ああ。がんばって」

イーファが前に出る。

周りのレベルを見るに、実技は大丈夫そうかな。

と、その時、視界の端に赤い髪が映った。

さっきのアミュとかいう子が、隣の試験場にいる。

出番はまだ先みたいだけど、実力はどうなんだろう。全属性とか言われてたけど……。

というか、あの腰に提げてるのは剣か？

どういう子なんだ……？

疑問に思っていると――熱風が、微かに頬を撫でた。

前方には的に向かって杖を構えるイーファ。

その姿を、試験官ほか全員が唖然と見ている。

「な、なんだ、今の炎」「炎豪鉾(フレイムノート)か……？」「中位魔法？」「無詠唱だったぞ」「おい見ろよ、的が」

よく目をこらすと、石板の隅が少し融(と)けてガラス質になっている。

イーファが試験官に頭を下げる。

「ご、ごめんなさい。まさか融けるとは思わなくて……」

「い、いや……仕方ないよ……」

丸眼鏡の試験官は首をかしげ、火属性用の的だよなぁ、などと不思議そうに呟いている。

「次に行ってもいいですか？」

うなずく試験官を見て、イーファは三つ隣の的に歩いて行く。

え、次？

風属性の的。その前で、イーファは再び杖を構える。

「――――うぃんどらんす」

突風が吹いた。

気圧差で耳が痛くなるほどの風が的へと襲いかかり――――破裂するような音と共に、石板をそのまま叩き割った。

静まりかえる試験場。

少し経って、上半分の石板が地面に落ちるばふっ、という音が聞こえた。

「う……風錐槍（ウインドランス）って、中位魔法、だよな」「中位魔法を無詠唱って」「あれ、本当に風錐槍（ウインドランス）か？」「的、壊れちゃったけどどうするんだよ」

「し、静かに！　皆静かに！」

「あ、わたしは以上です。的はごめんなさい。ありがとうございました」

イーファがぺこりと頭を下げて、ぼくへ駆けてくる。

「ど、どうかな、セイカくん。的はダメにしちゃったけど……それで不合格になったりはしないよね？　がんばった結果だし……」

「イーファ！」

「ひゃっ⁉」

「風！　すごいじゃないか！　どうしたんだよあれ」

「……えへへ」

イーファがはにかむ。

「少しずつ練習してたんだよ。セイカくんが驚くかなって」

「驚いたよ。もう精霊を使役できるようになったんだ。他の属性は？」

「まだぜんぜん。緑の子はお屋敷に多かったから、たくさん連れてこられたんだ。あと、わたし自身に風属性の適性があったからだと思う。さっき知ったことだけど」

やばい、なんかうるっときてる。

弟子の成長をいきなり実感すると、こう、心にくるんだよ……。

「でもね、他の子たちも少しずつ集まってるの。光と闇の子はほとんど見ないんだけど、それ以外ならもうすぐお願いできるように……って、セイカくん、泣いてる？」

「な、泣いてない泣いてない。あー……イーファ。一つだけ言うと、あれ風錐槍(ウインドランス)には見えないよ。本物はもっと弱いから」

「そ、そうなんだ」

「気にしなくていいけどね。イーファはもっと強くなれる」

前世のドルイドはあんなもんじゃなかったからな。

「え―、みなさん聞いてください。少しアクシデントがありましたが、試験は続行します。的は予備を準備しているところですので、風属性を希望される場合は順番を譲ってください。では次の方」

「ぼくだ」

イーファに見送られながら、前に歩み出る。

「どの属性を？」

「まず火で」

的の前に立ち、無造作に杖を構える。

破壊を求められていないということは、威力は適当でいいんだろう。

さくっと済ませよう。

「ふぁいあぼうる」

弱めの《鬼火》が石板にぶち当たり、青い炎が弾けた。

こんなんでいいでしょ。

「青い火炎弾(ファイアボール)⁉」「おい、火が消えないぞ」「耐属性の魔法陣、効いてないいんじゃないか？」

「待て、あいつランプローグの魔力なしだったはずじゃ……」

「次、土で」

呆気にとられる試験官に告げ、的の前まで移動する。

さてどうするかな。

他の連中は石つぶてを飛ばしたりしていたが、そんなどうでもいい術はない。

それっぽい術だと……《要石》では遠すぎるな。《赫鉄》や《岩戸投げ》を、まさかこんな場所では使えないし……。

待てよ、あの石板──御影石か。

よし、決めた。

杖を構える。術名はどうしようか。まあ適当でいいや。

「すとーん……なんとか」

《土金の相──方金の術》

ばぎ、ばぎんっ、という音と共に、石板の中から巨大な金色の立方体が五、六個生えた。

当然、的は内側から破壊されてしまっている。

よし。

「壊してしまってごめんなさい。じゃ、次は水で」

「い、いやいやちょっと待って！」

丸眼鏡の試験官に呼び止められる。

「君、今の魔法は……？」

「すとーん……です」

「なんて？」

「あ、すみません。次行きますね」

ぼくはすたすたと隣の的に歩いて行く。

「今の、なんていう魔法だ……？」「ま、的が内側から……」「……」「……」「……」

後ろも静かだった。

ありがたい。説明しろと言われても困る。

あの立方体は黄鉄鉱だ。

叩くと火花を散らすことで知られる金色の鉱物だが、もう一つ、きれいな立方体の結晶を作るという特徴がある。

岩石の中にあるタネに金の気と土の気を流し込んでやれば、周りを押しのけて型通りに結晶化し、あのように岩を割ってくれるのだ。

御影石は溶岩が固まってできた石。タネとなる鉄と硫黄はまずあるだろうと思ったが、予想通りだな。

土木作業用に作った術だけど初めて役に立った。

「で、水か……」

他の連中はつららを飛ばしたりしていたが、もちろんそんなどうでもいい術はない。

うーん……あれでいいか。規模が大きいし、一応ヒトガタ使っとこう。

杖を振って見せる。

「あいしくる……なんとか」

《陰水の相（いんすい）――氷瀑布（ひょうばくふ）の術》

津波のごとき大量の水が、不可視にしていたヒトガタから放たれた。

陰の気で超過冷却状態にしていた水は、石板にぶつかった衝撃で凍結。

それは瞬く間に連鎖し、すさまじい量の水は、一瞬ですべて氷と化した。

あー……周りにも流れていったせいで両端の闇と火の的までガチガチに凍っちゃってる……。

ちょっと量が多すぎたな。

「なんというか……すみません。ぼくは以上です。これはそのうち融けると思いますので」

「……」

「……」「……」「……」「……」

氷に覆われてしまった試験場には、もはや誰の言葉もない。

ぼくは踵を返す。

「ただいま、イーファ。帰ろうか」

「う……うん。他の属性はよかったの？」

「ぼくができそうなのは三つだけだったからね」

風は木、火、土、金、水の五行にないし、光と闇は今ひとつよくわからない。

というかそもそも、ぼくはどうもこちらの魔法を使えないようなのだ。

何年も試しているが全然ダメ。やっぱり魔力と呪力は別物なのかもしれない。

陰陽術は使えるから大して問題はないんだけど。

今回の試験だって、周りを見る限りでは普通に合格できそうだからいいだろう。

「ふふっ」

「どうかした？」

「ううん」

イーファが言う。

「みんな、セイカくんの魔法を見てびっくりしてたから……ちょっと気分よかった」

方金の術

金の気による鉄と土の気による硫黄で黄鉄鉱の結晶を成長させ、岩を割る術。黄鉄鉱は『愚者の黄金』とも呼ばれる金色の鉱物で、六面体や八面体、正十二面体の結晶形を示す。少なくとも紀元一世紀頃にはその存在が知られており、大プリニウスの『博物誌』には叩くと火花が出る石として記載されていた。

氷瀑布の術

陰の気により過冷却状態にした大量の水を放ち、対象を凍らせる術。陰の気は負のエネルギーを司る。過冷却水は衝撃と共に急速に凍る性質を持つ。水の温度はマイナス四〇度ほどで、これはそのあたりが過冷却の限界温度であるから。理論上はさらに液体のまま冷やせるが、その場合アモルファス氷と呼ばれるガラスに近い状態になってしまい、結局使いづらいためセイカはこのくらいで抑えている。

幕間　コーデル試験官、学園内演習場にて

試験官のコーデルは、丸眼鏡を直しながら一息ついた。

日暮れ前。試験場にはもう誰もいない。

今年の入学試験は大変だった。

「お疲れ様です、コーデル先生」

「ああ。お疲れ様です、カレン先生」

女性教員に挨拶を返す。

「どうでした、今年は？」

訊かれたコーデルは、丸眼鏡をくいと上げながら答える。

「アクシデントばかりで大変でしたよ。見ての通り、僕の担当していた試験場は使えなくなってしまいましたしね」

試験場を覆う氷は、未だ融けていなかった。そのせいで周囲は肌寒い。

「ランプローグ家の子息ですか。確か三属性を使ったんでしたね」

「ええ。しかも従者の方も規格外で。火と風の二属性ですが、的を融かすわ吹き飛ばすわ……。耐属性の魔法陣、壊れてたんでしょうかねぇ」

少なくともコーデルが赴任してからの三年間で、こんなことは初めてだった。

「いや、それは結構なことなんですがね。問題は子息の方の採点でして」

「あの土と水の魔法ですね。正体はわかりましたか？」

「それがまったく。だからどう点をつけたものか……」

実技試験は、型通りの魔法をどれだけ正確に発動できるかが採点基準となっている。聞いたこともない魔法を使われることなど初めから想定外だった。

「残念ですが、満点をあげられるのは火属性だけになりそうです」

「ふふ。実は私、受付もしていたんですが……あの二人の魔力量、聞いてました？」

「いえ。どれほどすごかったんです？」

「それが全然。従者のイーファさんは、魔法が使えるか微妙なくらい。主人のセイカ君に至ってはゼロですよ。いわゆる、魔力なしです」

「ありえない……ですが、もう何を聞いても驚かないですよ。なにせ」

コーデルは言う。

「その二人以上の逸材が、今年はいたって言うんですからね」

「私の担当したアミュさんですね。ええ、おそらく創立以来初でしょう――――すべての属性の的を破壊した受験者は」

女性教官は笑って言う。

「ひょっとして、彼女は勇者かもしれませんよ」

「勇者？　ってあの昔話の？」

「ええ。魔王が復活する時、人の国から生まれるとされる、伝説の」

「カレン先生、お子さんいましたっけ？」

「独り身で悪かったですね。子供に話して聞かせてるわけじゃないですよ。私が好きなだけです、個人的にね」

「今では事実かどうかも疑問視されている話ですが……でも、そうですね」

コーデルは丸眼鏡をくいと上げる。

「もしそうなら、おもしろいですね」

「ええ……おもしろいです」

其の二

合格発表当日の朝。

「うう、緊張する……」

青い顔をしたイーファを引っ張って、ぼくは学園へと向かった。

正門を通ってすぐ、巨大な掲示板が置かれている。

「あ、あれみたいだよ、イーファ」

「セイカくんっ！」

がしっと袖を掴まれる。

「もし落ちてても従者としてがんばるから捨てないでぇ……っ」

「わ、わかった、わかったから」

えーっと、ぼくの名前は……あ、あった。

筆記六〇〇点、実技一二〇点の、計七二〇点。順位は上から三番目だ。

筆記はたぶん満点だろう。

実技が思ったよりも低かったが、順位的にはこんなものだろうな。いつの時代にも天才はいる。

で、二位の名前は……、

「って、イーファ⁉」

「わ、わわわわたし二番目⁉　や、やったよセイカくん‼」

筆記五九〇点、実技二〇〇点の計七九〇点。

えー……なんかショック……。

「ぼ、ぼく三属性も使ったのにイーファより実技八〇点も低いの……？」

「ほんとだ……」

イーファは考え込む。

「もしかして、的を壊さなかったのがいけなかったんじゃ……」

「た……確かに！」

イーファは火と風の二つで二〇〇点。対するぼくは土の一つだけで、一二〇点。

二〇点が火と水の部分点、ということならば……つじつまは合う。

つまり、あのいかにも的を壊してほしくなさそうだった試験官の言動。

あれは受験生を惑わせる罠だったのか。

「おめでとうイーファ」

ぼくはイーファに向き直る。

「試験官の言葉や反応に惑わされず、容赦なく無慈悲に的を破壊したイーファの冷酷な判断が実を結んだんだ。まだまだ甘さが残っていたぼくの負けだよ」

「う、うん……なんか、人でなしって言われたみたいで複雑だけど……あ、ありがとう、セイカくん。あの、わざとじゃなかったからね？」

　こうして弟子は師を越えていくんだな……。

「それより、セイカくん」

「何？」

「セイカくん、暗記科目は満点じゃないと話にならないってさんざんおどかしてきたけど」

「うん」

「わたしとセイカくん以外、みんな筆記は五〇〇点以下だよ」

「え……？　あっ」

　本当だ。なんでだ？　あんな簡単な試験だったのに。前世の文章得業生試や宋の科挙だったらありえないはず……。

　いや待て、これ、そういえば十二歳が受ける試験だったな。

　……さすがにエリート役人になるための試験と同じに考えるのはまずかったか。

「えっとその……き、気合いを入れるためだったんだよ！　なにせ試験まで半年しかなかったから」

「うん、そういうことにしておくね。感謝してるのは本当だから」

「……」

なんかこう……圧が来るな。

イーファはなるべく怒らせないようにしよう。

あれ、待てよ。筆記が全員五〇〇点以下？

じゃあ一位の成績は……、

「……！」

見て、驚いた。

合計一〇二〇点。

うち、実技が六〇〇点。

名前は――――アミュ。

「すごいよね……アミュってあの、赤い髪の子だよね」

イーファの声にも答えられず、ぼくは掲示板を凝視する。

へえ。

これはひょっとして……早速見つけられたかな。

◆　◆　◆

数日後、逗留していた宿に正式な合格通知が届き、ぼくとイーファは晴れて学園への入学が許された。

　で、今日はその入学式。

「ね、セイカくん……これ、スカート短くないかな」

「そ……そんなことないん、じゃない？」

　短い。

　でも制服のデザインだからね……。

　領地ではあまり見なかったけど、どうやら大きな都市で流行っているようだ。

「今日から寮生活だけど、わたしは男子寮に入れるのかな」

「無理だと思うよ」

「従者とはいったい……」

「ここではただの学生だからなぁ」

　とか話しながら、夜の学園を歩く。

　この世界の夜は、月が二つあるおかげで明るい。

　ただ今夜の学園は、それに輪を掛けて明るかった。

　魔法のぼんやりとした灯りがあちこちに点され、道や学舎を照らしている。

　と、ぼくは足を止めた。

「イーファ」

「なに？」

「あの辺りに精霊はいる？」

「えっと……あっ」

イーファが茂みに駆け寄る。

「コウモリ……」

「コウモリ？」

「これ、闇の子……闇属性の精霊だよ。珍しい。なんでこんなところにたくさん……」

「……たぶん、これのせいじゃないかな」

ぼくは茂みをかき分ける。

そこにあったのは、青白い塗料で描かれた大きな魔法陣だった。

「これって……」

「イーファ。闇の精霊は連れて行けそう？」

「う、うん。セイカくんと見つけた魔石の中に、闇の子が好きなのもあったから」

「ならよかった」

「……セイカくん、なんでこんな魔法陣があるって知ってたの？」

「勘かな。ぼく、昔から勘が鋭いんだ」

「……そうなんだ。ね、この魔法陣、どうする？　なんかすごく……いやな感じがするんだけど」

「学園のものだろう？　精霊を連れていくのはともかく、勝手にいじるのはまずいよ。何に使うかもわからないのに」

「うん……そうだよね」

「ほら、会場に急ごう。まだ時間はあるけど、迷ったりしたら大変だから」

そう言って、ぼくは歩き出す。イーファもちゃんと後ろからついてきてるようだった。

それにしても……いやな感じ、か。

ぼくもまったくの同感だ。

こちらの魔法陣についてはまだまだ勉強不足だが、あの力の流れはたぶん……あれだろう。

ただ――――なんとなく、事態はぼくにとって都合のいい方向に転がる気がする。

こっちは本当に勘だった。

◆　◆　◆

入学式の会場は、大きな講堂だった。

「わぁ、広……料理もすごいたくさん……」

新入生の数も多い。二、三百人くらいか？

料理は立ったまま皿に取って食べるらしい。変わったパーティだなぁ。

「って、セイカくん、もう食べてるの？」

「イーファも食べられるうちに食べておいた方がいいよ」

「平民みたいなこと言うね……」

そのうち司会が何か言い、式が始まった。つつがなく進行していく。

「セイカくん、ちゃんと話聞いてる？　ほら、次はあのアミュって子が挨拶するみたいだよ」

「んっ？」

「首席合格だったからかな」

見ると、壇上で赤い髪が揺れていた。

凛とした、よく通る声が響き渡る。

「――今日、みなさんがどのような理由でここにいるのか知りません」

ぼくは皿を置いた。

あー、今来るのか。タイミングがいいんだか悪いんだか……。

あらかじめ何匹か飛ばしておいた式神の視界を探る。

フクロウはカラスと違って像がぼやけるが、その代わりに夜目が利く。

いたいた……って近いな。すぐそこだよ。

「あたしがこの学園に来たのは、ただ――」

その時。

講堂の壁が――――轟音と共に吹き飛ばされた。

会場から悲鳴が湧き上がる。

講堂の壁は、一部が完全に破壊され大穴が空いていた。

ぱらぱらと石材の破片が落ちる。白く舞う粉塵(ふんじん)の向こうには、外が見えてしまっている。

その穴から――――黒く、巨大な影が姿を現した。

身の丈は人の三倍はあろうか。

漆黒の体毛に覆われた屈強な肉体。その顔は、牛とも山羊(やぎ)ともつかない奇妙なものだった。

「で……デーモンだっ！」

「レッサーデーモンが出たぞぉッ‼」

生徒の叫び声。

それを合図に、集団が一斉に会場の出口へ向かって逃げ出した。

「わわっ！」

大勢の人の波の中、ぼくはイーファを太い柱の陰へと引き込む。このままだと人間に押し潰されそうだ。

柱から顔を出し、敵を観察する。レッサーデーモンは三匹に増えていた。どうやら近くにいたやつ全員が講堂に入ってきたらしい。

見た目は恐ろしい……が、雑魚だな。

棍棒を振るっているが、動きがにぶいし、三匹も入ってきたせいでお互いの邪魔になっている。

そうこうしているうちに、火炎や氷柱の魔法がデーモンへと浴びせられ始めた。

大声で指示を飛ばしているのは先生か。応じる中には先輩らしき生徒もいる。

魔法を食らったデーモンはひるみ、動きを止める。

だけど……、

「……まどろっこしいな。何やってるんだ」

時間をかけすぎている。あんな雑魚、どうしてさっさと倒さないんだ？

仲間の陰にいたデーモンの一体が、魔法を放つ生徒たちに向かって棍棒を振るった。

もたもたしているからだ。死んだな。

そう思いながら術を放とうとした時——赤い髪が、棍棒の下へと潜り込むのが見えた。

剣が一閃。

鋭い金属音と共に棍棒が大きく弾かれ、レッサーデーモンが仰け反る。

「戦えないやつはどきなさいッ！」

アミュは叫びながら風の魔法を放ち、もう一体の目を潰す。デーモンの悲痛な叫び声が上がる。

流れが変わった。

人間側が優勢に立ち始めている。もう大丈夫そうだ。まったく心臓に悪い。

しかし、あのモンスターどもは妙だ。

目つきは獲物を探すようだが、攻撃がにぶい。三匹という数も無駄に多いだけに見える。

陽動か。いやもしくは……先に手を出して反応を見る、威力偵察の類か。

ま、なんでもいいや。さて、喚んだ術士はどこだろう。

学園中に飛ばした式の視界をすべて探っていく。

――見つけた。あれか。


「イーファ」

「セ、セセセセイカくん、どうしよう……っ」

イーファが震えた声で言う。

「あ、あれデーモンだよ。まさか魔法学園に、こんなっ」

「本当にびっくりだよなぁ」

「軽いよっ！　うう、わたしまだ死にたくない……」

「落ち着けって。あれくらい先生たちがすぐ退治してくれるよ。雑魚だし」

「雑魚!?　デーモンだよ!?　一匹で軍の部隊が一つやられたことだってあるのに！」

「確かデーモンにもいろいろあって、あれは一番弱いやつだったはずだから」

「でも雑魚ではないと思うけど……」

「いいかい、イーファ」

ぼくは言う。

「しばらくはここに隠れていた方がいい。今出口は人がいっぱいいて危ないからね。デーモンはそのうち倒されると思うけど、いざとなったら躊躇(ちゅうちょ)なく魔法を使って逃げること。わかった？」

「う、うん」

念のため、式神を何体か置いていこう。それで十分だろう。

「セ、セイカくんは？」

「ぼくはちょっと用事があるから」

「えっ、用事？」

「何かあったらすぐ戻ってくるよ」

イーファの目から隠れるように、柱の陰から飛び出す。

そして。

敵を見ている式神と、ぼく自身の位置を入れ替えた。

◆　◆　◆

学園の敷地には、大きな森があった。

貴重な薬草が生える森で、この場所に学園が建ったのもそもそもそれが理由だ。危険なモンスターこそとうの昔に排除されているが、未だにその奥地は人の灯りの及ばない自然の聖域だった。

その森に、人の影があった。

ひらけた場所に青白い巨大な魔法陣が描かれ、その上に立って精神を集中させている。

月光に照らされる黒い毛並み。

巻き角の生えた異形の頭。

およそ人の姿ではない。

前世であれば、鬼かと見紛(みまが)っただろう。

「――怪(け)しきまで、月うつくしき野に逢(あ)わば、清(すが)しからまし人ならずとも」

声に人影が振り返った。

ぼくは、黒い鬼へと微笑みかける。

「これ、ぼくの師匠が詠(よ)んだ歌なんだ。師匠のことは大嫌いだったけど、この歌は好きでね。月が怪しいほど美しい夜に誰かと会ったならば、それが人ではない、我が宿敵たる化生(けしょう)であったとしても、なぜか気分が良いものだ……そんな意味だよ。今のぼくの気分にぴったりだ」

剣呑(けんのん)な視線を向ける鬼へと、ぼくは続ける。

「師匠は晩年、心を病んでいてね。人ならず、は自分にも掛かってるんだよ。人の心を失ってしまった自分でも、月を美しいと感じる情緒が残っているのだな……そんな意味もある。君は――どうだい？　人ではない化生の身なれど、今宵の月を美しいと感じる心はあるかな」

「何だ？　貴様は」

ようやく返ってきたのは、地鳴りのような低い声だった。

黒山羊のような、人のような面貌。

書物でしか読んだことがないが、こいつは魔族……その中でも、悪魔と呼ばれる種族に違いない。

その口が歪む。

「人間の子供がなぜいる。まさかここを嗅ぎつけたのか？　だとすれば……愚かだな。たった一人でこの我に挑もうとは」

「ちょっと遊びたくてね。体がなまりそうだったから」

「……功を焦るか。哀れなり、命の短い人間よ」

なんか都合よく解釈している悪魔に、ぼくは問いかける。

「そんなに自信があるならさ、ぼく逃げないから教えてよ。君――何を探してる？　ずっと見てたよね。あのレッサーデーモンの目を通して」

「ほう」

悪魔の目が、わずかに見開かれる。

「気づくか。だが愚問なり。そのようなもの、一つしかあるまい」

「だからなんだよ」

「……言わなければわからぬか。勇者だ。決まっているだろう」

「勇者？」

ぼくは首をかしげる。この世界の書物で読んだことはあったけど……。

「勇者って、あの伝説の？」

「そうだ」

「なんでそんなものを」

「生まれたからに決まっているだろう！　人間側の英雄が現れたにもかかわらず、我ら魔族の英雄たる魔王様は、未だにご誕生なされない……。だから潰しに来たのだ。勇者が力を付ける前に」

「うーん。確認なんだけど、勇者ってあの……おとぎ話の勇者のことだよね？」

「おとぎ話？」

一瞬の沈黙の後――魔族の男は、高笑いを上げた。

「これは滑稽(こっけい)だ！　愚かなり、愚かなり人間ども！　あの伝説の戦いを、よもやおとぎ話とは。民が知らぬということは、もはや勇者と魔王の誕生を知る予言の術も失ったと見える。争いのない時が続いたとは言え、ここまで人が堕(だ)していようとはな」

「はぁ、事情がわかったようなわからないような……」

要するに勇者と魔王というすごいやつらがいて、そいつらは定期的に転生するけど、その間隔が長かったせいで人間の側ではおとぎ話の存在になり、一方で寿命の長い魔族の側ではちゃんと口伝されてた……っていうことかな？

「でも勇者や魔王だなんて本当？　君たちの妄想じゃなくて？」

「戯れ言を。十二年前の託宣が虚妄であるなどありえない。それに我は、今宵確かに、あの館の中に見たぞ。託宣に語られた勇者――尋常ならざる力を振るう、赤い髪の女を」

「赤い髪？」

それってまさか。

「あー、アミュのこと？　確かに、あの子ちょっとおかしいくらい強いね。ふうん、勇者か……」

「アミュという名か。調べる手間が省けたな」

「どういたしまして。まあでも」

ぼくは悪魔へと笑いかける。

「君、ここで殺しちゃうんだけどね」

「……ふむ、問答はこれで終わりか？　ならば手早く済ませよう。――来たれ、眷属」

巨大な魔法陣、その内部に埋め込まれていたやや小さな魔法陣から――三体のデーモンが現れた。

む、ちょっと強そう。

講堂にいたやつらよりずっと小さいが、力の流れは大きい。特に真ん中奥にいる、体に赤い紋様の入ったやつ。

まあでも、ぼくからしてみれば……。

「こいつらはレッサーデーモンとは違うぞ。貴様らの軍とも単騎で渡り合う、我が配下の中でも精鋭だ。残念だが――――」

「あっそ」

《火土(かど)の相――鬼火(おにび)の術》

左の一体に特大の青い火球がぶち当たる。

爆散した《鬼火》の核は、デーモンの胸部を大きく抉(えぐ)っていた。

派手に崩れ落ちる左側の個体を目くらましに、ヒトガタが一枚、密かに右側の個体に貼り付く。

片手で印を結ぶ。

《陽(よう)の相――落果(らっか)の術》

瞬間、右側のデーモンが潰れた。

一気に千倍となった自重のせいで、地面が凹(へこ)み、体はその中で汚泥(おでい)となっている。

「弱いのはいらないんだ」

一瞬で倒された二体を一瞥(いちべつ)もせず、赤い紋様のデーモンがぼくへと疾駆(しっく)する。

その爪が迫る。

「こいつだけもらっとくね」

最後のデーモンが、動きを止めた。

爪をぼくに振りかざしたまま微動だにしない。

その周りには、五枚のヒトガタ。それらを頂点とした五芒星(ごぼうせい)の陣が、デーモンの動きを封じていた。

扉となるヒトガタを浮かべる。印を結び、真言を唱える。

「――ओम् दश सप्त षोडश त्रीणि अष्ट एकम् निक्षेप सकल स्वाहा」

《護法(ごほう)――降魔位相転封(ごうまいそうてんぷう)》

空間が歪み、光が漏れ。

最後のデーモンはあっという間に、扉のヒトガタへと吸い込まれていった。

周囲はいつの間にか、燐の残り火が燃え、汚泥が不快な臭気を発するだけの静かな森へと戻っている。

「貴様……今何をした？」

「ん？　もらった。別に必要なかったんだけど、一応」

「……転移魔法か。どこに送ったかは知らぬが、闇属性の魔法を操り我が眷属を葬るとは。少しはやるようだな」

またなんか都合よく解釈した悪魔の人が、ぼくを睨みつける。

「よい。ならば――誇りに思え。この悪魔族の雄、ガル・ガレオスの手によって死すことを」

ガレオスとか名乗った悪魔。その周囲の土がうごめき、盛り上がる。

土塊からいくつも生え出たのは、黒銀色の剣だった。

「我は土と火を司る金属の悪魔。眷属と同じ手が通ずると思うな」

刃が浮かび上がり、その切っ先をぼくに向ける。

あれ、素材は鉄かな。

確かにデーモンどもよりは強そうだ。一瞬で倒しすぎたからよくわからないけども。

「同じ手が通じないって？」

試しに《鬼火》を何発か打ってみる。

ガレオスはそれを、浮かべていた刃を飛ばし、迎え撃った。

青い火球はすべて刃に貫かれ、空中で爆ぜ割れる。

「ふうん。じゃあこっちは？」

「無駄だ」

密かに飛ばしていた《落果》のヒトガタ。

それらがすべて、ガレオスに迫るやいなや燃え上がった。

火の魔法を使うというのも本当みたいだな。

「終わりか？　ならばもう死ね」

ガレオスが刃を放つ。

空を裂いて飛来するそれを、ぼくは普通に避けた。

なんだ、遅いな。期待外れだったか……。

「愚かなり」

「っ！」

咄嗟に身を逸らす。

真後ろから飛んできた刃は、頬を浅く掠めるだけで済んだ。

ちらと後ろを見ると、空中に魔法陣の残光が目に入る。

こいつ、飛ぶ刃を転移させたのか。

「我は悪魔族だぞ。闇属性の転移魔法なぞ、手足のごとく操れて当然だ」

ガレオスが軽く腕を振るう。

すると今度は、ぼくへ紅蓮の炎が放たれた。

跳び退るように大きく避けるが、その派手な炎光に一瞬目がくらむ。

そのせいで――――ぼくに肉薄するガレオスの姿に気づくのが、ほんのわずかに遅れた。

「驕ったな?」

その手に持つ、黒銀の刃が一閃される。

右腕に熱い痛みが走り、鮮血が飛ぶ。

――――肘から先を切り飛ばされた。

それに気づくのにかかった時間は、幸いなことに一瞬で済んだ。

「チッ……」

ぼくはすぐに近くにいた式と位置を入れ替え、ガレオスから距離を空ける。

気の流れで右腕の痛みを抑え、ヒトガタで断面の止血をする。

まだ戦えるが、苛立ちだけは禁じ得ない。

やってしまった。

「奇妙な転移魔法を使うのだな、人間。だがこれでどうだ?」

いつの間にか生み出されていた無数の細かな刃が、ガレオスから四方八方へ放たれる。

それらは正確に、ぼくの式神を射貫いていた。

力を失ったヒトガタがひらひらと地に落ちる。

ぼくは、自分の表情がこわばるのを感じる。

「……へえ、式神がわかるんだ。見えなくしてたはずだったんだけどな」

「これでもう転移は使えまい」

ガレオスは言う。

「認めよう、人間。貴様は強い。我が眷属を軽く破り、多彩な魔法で我に抗(あらが)った。貴様と勇者を倒したことは、同胞へ誇りと共に語れるだろう」

「……何もう終わった気でいるんだ？」

ぼくは《鬼火》を連発する。

だが狙うガレオスの姿は、魔法陣の残光と共にかき消える。

「貴様の敗因は、その驕(おご)りだ」

次の瞬間。

森のありとあらゆる方向から、ぼくに黒い刃が降り注いだ。

避ける場所などあるはずもなく、全身を貫かれる。

膝を突いた。

臓腑(ぞうふ)から血がこみ上げ、口からあふれ出る。

赤く染まったぼくの前に、ガレオスが立つ。

「子供の身で、それほどの力を持ったことが不運だったな。成熟していればこんな無謀な戦いになど挑まなかったものを」

「だ、から……何を、もう終わった気で……」

「終わりだ」

ガレオスが、無造作に剣を振った。

型も何もないその刃は――――しかしあっけなく、ぼくの首を切り飛ばした。

◆◆◆

首のない死体を見下ろすガレオスは、溜息をついて呟く。

「よもや人間の子供相手におもしろい戦いができようとは……いやもう一人、まだ勇者が残っていたな」

踵を返す、悪魔族の男。

その背に向けて――――ぼくは、歌を詠み上げる。

「――――曇りなき、夜半(よわ)の空こそ寂しけれ、呪(のろ)いし黒き雲の消(け)ぬれば」

落果の術

対象の重量を増加させて押し潰す術。陽の気は正のエネルギーを司る。『今昔物語集』巻第二十四第十六話に、安倍晴明が使用した似た術についての記載がある。

其の三

ゆっくりと、ガレオスが振り返る。

表情に乏しいその面貌にも、今は驚愕の感情がうかがえた。

ぼくは笑いかける。

「これ、ぼくが作った師匠への返歌なんだ。一点の曇りもない夜空はどこか物足りない。月を隠す雲のようだった憎いあなたでも、いなくなったらそう思えた……っていう意味だよ。歌は苦手なんだけど、どうかな？　師匠には感想を聞けなかったから……まあ、ぼくが殺しちゃったからなんだけどね。ちなみに最初の歌の人ならず、ってぼくのことだよ。ひどいよね」

「……なぜ生きている？」

ぼくの言葉など聞こえていないように、ガレオスが言う。

「なぜって、見ての通りだけど」

両腕を広げてみせる。

五体満足どころか、制服には血の汚れすらもない。

「光属性の治癒、いや蘇生術……？　もう一度殺せばわかることか」

瞬く間に巨大な刃を生み出し、ぼくへと放った。

それは正確に額へ突き立ち、頭が割られる。

ぼくは死んだ。

――――そして、術が発動する。

頭を貫いていた刃が消滅。傷が瞬く間に治っていく。

「はい復活」

ぼくは生き返った。

頭部に穴が開き、力を失った身代（みのしろ）のヒトガタをその辺に捨てる。

「……なんだその魔法は。生き返るのはともかく、なぜ刃が消える。時を戻したのか……？」

「そんなことしてないよ。単に異物があったら消すよう式を組んでただけ。ちなみに服も一緒に直るようにしてあるよ。焼け死んだ時に不便だからね」

「……よい。ならば、死ぬまで殺すだけだ」

また刃を作り始めるガレオスを見て、ぼくは呆れる。

「まだやる気なんだ。普通、ここは一度退くところじゃない？　そんなに勇者を倒したいの？」

「無論。最強の存在を、最強になる前に倒す。その機会は逃せない」

「最強、最強ねぇ……」

ぼくは失笑を漏らす。

「くだらないよ」

「何……？」

「最強なんてくだらないって言ってる。勇者も魔王も、それに固執している君も総じてくだらない。勇者をおとぎ話にしたこの国の人間の方がまだ賢いくらいだ。考えてもみなよ。この世界を動かしているのは、単に力の強い者か？　武芸に秀でた者なのか？」

前世ではぼく以外にも、およそ人とは思えないような強者はいた。

悪精シャイターンの加護を持ち、暗殺教団の頂点に君臨していたイスラムの指導者。

無数の機械人形を従え、底知れない叡智をその頭脳に宿していたユダヤの哲学者。

日本にも、人の身にして大百足や鬼を斬る武者がいた。

だが、世界を動かしていたのはその者たちではない。

「力とは数だ。強さとはそれを操る狡猾さだ。個人の暴力なんて、世界にとっては取るに足らない」

「それは貴様が真の強さを知らぬだけだ。圧倒的な力の前にはあらゆる者がひれ伏す」

「元最強が言うことなんだけどなぁ」

「戯れ言を……ッ！」

ガレオスの浮かべていた刃が、すべてかき消える。

あ、転移させたな。

「もういいよ、それ」

全方位から降る黒い刃。

それらがすべて、ぼくに届く寸前にぼろぼろと崩れ去った。

砕けた鉄が土へと還り、ぼくの周りに降り積もる。

「結界!?　だが、魔法を無効化するなど……」

「結界なんだから術を封じるのは当たり前だろう？　しかもこれヒトガタ十一枚も使ってるからね。そう簡単には破れないよ」

「ならばその符を破壊するのみだッ！」

ガレオスが炎と刃を放つ。

それらは確かに、結界の頂点を担うヒトガタを狙っていた。

うーんでも、あんまり意味ないんだけどな。まあ付き合ってやるか。

《水の相(すい)――瀑布(ばくふ)の術》

莫大な量の水が、ヒトガタから吐き出される。

それは炎を飲み込み、刃を飲み込み、ついでにガレオスをも飲み込んだ。

陰や陽の気がなくとも、大量の水はそれだけで強い。

「ぐっ、なんだこの水の魔法は、どんな魔力量だ……」

ガレオスの姿が現れる。やっぱり転移で抜け出されたか。

「魔法は通じぬか、ならば直接葬るッ」

尋常じゃない脚力で、ガレオスが地を蹴った。

まあそうくるよね。

ぼくは後退しながらヒトガタの扉を開く。

《召命(しょうめい)――雷獣(らいじゅう)》

位相から引き出されたのは、アナグマに似た黒い小動物だった。

「シ――ジチチチ、シジチチ」

火花を含んだ唸りのような、奇妙な鳴き声。

その剣呑な気配を察したのか、ガレオスの狙いが雷獣へと向けられる。

勘が良いね。無意味だけど。

「シジヂッ！」

雷獣から特大の稲妻が放たれ――ガレオスへと突き立った。

破裂音と共に悪魔が吹き飛び、地面へと転がる。

鮮烈すぎる光のせいで目がチカチカする。うーん、やっぱり大した威力だな。

雷獣は、稲妻と共にまれに地上に落ちてくる妖(あやかし)だ。

見た目はただの小さな獣だが、その身には落雷の力が宿っている。

あれだけずぶ濡れでは、船乗りが持つような雷避けの加護があっても防げなかっただろう。

「おーい、もう終わりか？　……あっ」

悪魔の姿がかき消える。転移したみたいだ。

あ、これは後ろかな？

振り返ったぼく。

その腹を、ガレオスの手刀が貫いた。

「驕っ、たな？」

熱で白濁した眼球でぼくを睨み、ガレオスが呟く。

ぼくは血を吐きながら笑い、その腕を掴んだ。

「捕まえた」

《金水の相──灰華の術》

ぼくとガレオスの間で、術が発動。

すさまじい爆発と共に、黄色の火柱が上がった。

爆風で吹き飛んだぼくは、しばらくしてやおら立ち上がり制服の汚れを払う。

ガレオスを見ると、ひどい有様だった。

片腕がない。腹からは内臓がこぼれ、体は所々溶けている。

「知っていたかい、金属の悪魔さん」

ぼくは瀕死のガレオスに語りかける。

「塩を二つの要素に分解すると、一方に金気が現れる。つまり塩は金属を含んでいるんだよ。そしてその純粋な結晶はね、水と激しく反応するんだ。ちょうど今みたいに」

頭部と両腕がちぎれ、強塩基で溶解するヒトガタの隣で、無傷のぼくは滔々と語る。

「なん、だ……それは。知らぬ……あり、得ぬ……そのよう、な……金属など……」

「君たちさぁ、ちょっと勉強不足じゃないかな」

「な、に……」

「ぼくも認めるよ。四属性魔法はけっこう役に立つ。特に、モンスターを相手にするならね」

強さだけなら、前世の妖の方がよほど強かった。

しかし実際のところ、妖による人の被害というのはごく少ない。野犬や熊の方がずっと恐ろしいくらいだ。そのうえ、肉体に依らない魂である妖には、呪術がよく効いた。

一方で、こちらのモンスターは野犬や熊よりも強く、さらには人をよく襲う。しかも在り方が動物に近いために、妖に比べ呪術が効きづらい。

そこで手っ取り早く火力を得るために発達したのが、実物の火や氷を放つ四属性魔法、ということなんだろう。

「それはいいよ。でもそれならさ、どうしてもっと突き詰めないかな。君たち、火ってなんだか考えたことある？　水を分解すると風になることは？　風を冷やすと氷よりも冷たい水になることは？　土の中にある一番多い要素は、実は風の中にあるものと同じって知ってた？」

「なん、だ……何を、言って……」

「このレベルの話を理解できないのはまずいよ。ぼくたちの認識する第三階層の話だよ？ 観測して初めて処理される第二階層や、根源たる第一階層の話じゃない。もっと勉強しなよ。ぼくなんて昔、わざわざ海を渡ってまで古代の叡智を求めたのに。それくらい情熱のある魔術師はこの世界にいないのかな？」

ガレオスは残った片腕をつき、震える体を起こす。

「敵を前に、説教、か……余裕、だな……」

「そりゃあね」

「だが……我は、まだ……戦え、る、ぞ……」

「……」

「貴様、の、奇妙な符は……もはや残り、少ない、はず……我にも、勝機、は残っ……」

「符ってこれのこと？」

《召命――ヒトガタ》

《召命――ヒトガタ》

《召命――ヒトガタ》

《召命――……

位相から取り出した無数のヒトガタが、夜空に並ぶ。

「まだまだいっぱいあるよ」

何年間もこつこつがんばって作ってたからね。

笑顔のぼくに、ガレオスは虚無の表情を返す。

「……ありえぬ……ありえ、ぬ……敗ける、だと、こ、の我が…………先代の長を、下し……英傑の、再来と、言われ……人間の、剣王すら破ったこの、ガレオス、が……」

「もう終わりな感じ？　君、思ったより弱かったね」

「なっ……」

「ちょこまかと逃げ回って雑魚を喚ぶだけなら、別にいらないかな。まあ君は位相に送ってもすぐ死んじゃうだろうけどね」

ふう、と溜息を一つ。

「よし。宴もたけなわではあるけれど、ここらでお開きだ。では最後に、其の方の体をもってして——」

一枚のヒトガタを選び取り、その扉を開く。

「——ぼくの下僕の馳走(ちそう)とし、この饗宴(きょうえん)を締めようか」

《召命(しょうめい)——蛟(みずち)》

空間の歪みから——太く、すさまじく長い体が伸び上がった。

青緑の鱗に覆われたそれは、巨躯をくねらせて天へと昇っていく。

それは、蛇に似ていた。

だが、とても蛇と呼べる存在ではなかった。

長い鼻面に生えそろった牙。太縄のごとき二本のひげ。頭には白い毛が風になびき、その間からは角が見える。

蛟が体を反転させ、悪魔へと迫る。

その獲物を食らわんと、顎が大きく開かれる。

ガレオスは絶望の光景に目を見開いていた。

「なんだこれは……なんだこれは……ッ！　ありえぬ……魔王様でも、こんな……ドラゴンを……ドラゴンを従えるなど……ッ‼」

「ドラゴンじゃない」

蛟の牙が、ガレオスを捕らえた。

悪魔の体を空中へと攫い、数回咀嚼した後、その腹に収める。

ぼくは、もう聞こえていないだろう悪魔族の雄に、小さく呟いた。

「――――龍だよ」

◆　◆　◆

静かになった夜の森で、ぼくはふぅ、と一息つく。

「さて、あとは蛟を回収して終わり……って、あ、おい！」

ガレオスを食わせた蛟が、突然空中で暴れ出した。

食中毒⁉　いや違う。

あいつ、逃げようとしていやがる。

「くそ……このっ……大人しく戻れっ！」

式神を何体も飛ばし、無理矢理押さえつける。

扉を開き、なんとか巨体を位相へと押し戻すと、ぼくはようやく息をついた。

「セイカさまっ」

近くの樹から、白く細長い狐姿のユキがたたっと駆けてくる。

頭に登るのを待ってからぼくは言う。

「悪かったな、ユキ。もしかして、入れ替わる時に置いていかれたか？」

「それは大丈夫でしたが、ユキはお役に立てなさそうでしたので隠れておりました」

「すっかり忘れてたよ。先に言っておけばよかったな」

「ユキも管ですので、その程度のことはなんの問題もございません。それより、よろしかったのですか？」

ユキは心配そうに言う。

「あの程度の相手に、貴重な身代のヒトガタを三枚も使ってしまって」

「元々動作確認のために三、四回死ぬつもりだったから予定通りだよ」

「そうでございましたか。それで、術の具合はいかがでしたか？」

「最高だね。ここまでとは思わなかった。やっぱり乳歯とは言え、媒体に歯を丸ごと一本使えると違うな」

傷病をヒトガタに移し替える身代の術は、対象の体の一部が必要になる。

普通は髪の毛とかを使うのだが、今回ぼくは、抜けた乳歯一本分の粉末をヒトガタに練り込んでみたのだ。

前世でも親知らずを使って同じことをしたが、ケチって何枚にも分けたせいかここまで劇的に蘇生することはなかった。

「実験でも何枚か消費したけど、まだ十枚以上あるから大丈夫だよ。これからはそう簡単に死ぬつもりはないしね。ただ……それ以外のヒトガタは、だいぶ無駄にしちゃったな」

止血に使ったり打ち落とされたり……いったいいくら分損してしまっただろう。

まさか学園で紙の自作はできないから、これからヒトガタの素材は買うしかないってのに……。

溜息をつくぼくを見て、ユキが言う。

「死ぬのはちゃんとした機会にして、最初から蛟（みずち）……いえ、牛鬼（うしおに）か六尾（ろくび）あたりにでも任せておけば十分だったのでは？」

「いやぁ、転生してからこんな機会は初めてだったからさ。自分で戦いたかったんだよ」

「はぁ。楽しかったですか？」

「まあね。いくつか術も試せたし。でも、やっぱりだいぶなまってるな。それに……まさか、蛟ごときに反抗されるとは」

実はちょっとショックだった。

でも、無理もないか。前世に比べ、ぼくは確かに弱くなっている。

ヒトガタのストックは全盛期の十分の一もないし、封印している妖だってそう。

切り札だった鬼神スクナは倒され、雷龍や氷龍といった天候すら操る上位龍も、軒並みあの子に奪われてしまった。

なんと蛟が今の最高戦力だ。悲しすぎる。

唯一呪力の巡りだけはいいが、体もまだできあがってないし、いろいろ物足りないのは確かだ。

最強でなくていいけど、せめて前世の強さには戻りたい。じゃないとどうも不安だ。もっとがんばろう。

ユキが言う。

「確かに今日のセイカさまは、ユキが呼ばれてから一番楽しそうでございました。それならばよかったです！」

「……」

「セイカさま？」

よくよく思い出してみると。

ちょっとぼく……テンション上がりすぎてたな。

なんか、だいぶ恥ずかしいこと言ってた気がする……。

「……ユキ。今日のことは、誰にも言うんじゃないぞ」

「……？　はい、もちろんでございます」

ユキは続けて言う。

「そうだ、セイカさまは歌も詠まれたのですね。すてきです！　昔詠まれた恋歌とか、ユキは聴きたく思います！」

「やめてくれ……」

講堂へと戻ると、中からざわめきが聞こえてきた。

人は未だ多いものの、パニックの収まった出入り口から中に入り、ほどなくイーファの姿を見つける。

「あっ、セイカくん！　どこ行ってたの？」

「ちょっとね。大丈夫だった？」

「う、うん。セイカくんの言ってた通り、デーモンはみんな倒されたよ。怪我人は出たけど……」

ぼくは会場の様子を見る。

三体のレッサーデーモンが、灯りの下に倒れ伏していた。

死骸は焼け焦げていたり、明らかに人が持てない巨大な剣に貫かれていたりする。戦いは、つい先ほどまで続いていたようだった。

ガレオスを倒してこいつらがどうなるか心配だったが、自爆とかしなくてよかった。

怪我人は仕方ないだろう。いくら雑魚でも、不意を突かれれば完璧な対応は難しい。

ふと。

デーモンの死骸の一つ。その上に立つ、赤い髪の少女が目に入った。

返り血を浴び、死骸に剣を突き立てたまま肩を上下させるその姿を、生徒たちが遠巻きに見ている。

それらは畏怖のまなざしだった。

まさか……、

「アミュさん……デーモンを一体、倒したんだよ。一人で……」

イーファの声も、微かに震えている。

なるほど。どうりで見覚えのある景色だと思った。

あれは、前世のぼくだ。

勇者か……いいね。

思わず笑いそうになる口元を隠す。

「イーファ。ぼく、先に寮に戻ってるね」

「えっ、セイカくん？」

踵を返す。

明るい会場を離れ、暗い廊下を歩いて行く。

「セイカさま……？」

不安そうなユキの声にも、今は答える気が起きない。

ぼくが魔法学園に来たのは人を探すためだ。

多くの才能が集うここなら、ひょっとしたらいるんじゃないかと思った。

でもまさか……まさかこんなに早く、見つけられるなんて。

――――最強になりうる者を。

「……ユキ。今生のぼくは、ずいぶん運に恵まれているみたいだ」

世界はその実、暴力で動いている。

ガレオスの言っていたことは、そう的外れでもない。

だが、狡兎死して走狗烹られ、出る杭は打たれるように。
自分が強くなっても、最後には周りに引きずり倒され、押し潰される。
それは前世で、ぼくが身をもって知った。
だから必要だった。ぼくの代わりに、最強になってくれる者が。
ぼくと繋がりのあった役人どもが、朝廷ででかい顔をしていられたように。
最強の傘の下こそが、きっと一番利益を得られる。
イーファでは力不足だった。
だけど、勇者なら申し分ないはずだ。
彼女の仲間になろう。信頼される仲間に。
最後には、彼女も押し潰されるかもしれない。
だけどぼく自身は――――今度は、それを悲しむだけで済む。
今度こそ、ぼくは幸せになれるんだ。
口元の笑みを抑える。
もしかしたらまた魔族が襲ってくるかもしれないけど、大丈夫だよ。アミュ。
魔王とかいうのを倒してでも――――ぼくが君を最強にしてあげるからね。

瀑布の術

水の気で大量の水を生み出す術。瀑布とは滝のこと。

灰華の術

金の気で生み出した金属ナトリウムと、水を混合し爆発させる術。ナトリウムをはじめとするアルカリ金属は水と激しく反応する性質を持つ。爆炎はナトリウムの炎色反応で黄色く染まる。飛び散った水は強アルカリの水溶液となり、肉体を溶かす。術名の由来はアルカリが元々アラビア語で草木灰を意味することから。

第三章　其の一

波乱の入学式が終わり、ぼくの学園生活は予定よりも十日ほど遅れてスタートした。

「セイカくーん、おはよう」

「おはよう、イーファ」

寮から学舎へ向かう道すがら。笑顔で駆け寄ってきたイーファに、ぼくは挨拶を返す。

こんな生活も、もう一月が経とうとしていた。

デーモン騒動の後、当たり前だが学園内部は対応に追われ大わらわだったようで、一時は学園を閉鎖し、安全が確認されるまで生徒を家に帰す意見も出ていたらしい。

デーモンを召喚した術者の正体がわからない以上（ぼくが妖(あやかし)に食わせたせいだが）は無理もない。がしかし、結局それは見送られたようだった。

そこら辺はいろいろ事情があるんだろう。

まあ術者がわからなくても、学園内の魔法陣が見つかれば手口は知れるし、対策もとれるからね。

一応、今も学園内外を警備として雇った冒険者が見回っている。

学園側の対応は、そんな感じのようだった。

ふとその時、学舎近くに、見知った赤い髪を見つけた。

ぼくは片手を上げ、笑顔で挨拶する。

「やあ。おはようアミュ」

勇者、アミュは足を止めると……ぼくへ、露骨に面倒くさそうな目を向ける。

「気安く話しかけないでくれる？」

アミュはそう言うと、赤い髪を翻して（ひるがえ）さっさと歩いて行く。

「セ、セイカくん……」

笑顔のまま固まるぼくに、イーファはかわいそうなものを見るような目を向けてくる。

が、大丈夫。なんの問題もない。

ぼくが転生して立てた人生計画は、とてもシンプルなものだ。

強いやつの仲間になり、その傘の下で甘い蜜を吸う、という。

我ながらすばらしく小者くさくてナイスな計画だ。

こんなやつ、誰も目をつけない。ぼくでも無視する。

だから、前世と同じ末路を辿ることもないだろう。

ネックとなるのは肝心の強いやつを見つけるところだったが、またとない幸運で早々に出会えた。

勇者などという逸材に。

しかも学友という立場だ。親しくなるのに、これほどうってつけのポジションもない。
学園生活は始まったばかり。時間はまだまだたっぷりある。
今嫌われているくらい、どうということもない。
ゆっくり友達になれればそれで…………とまで考えて、ぼくは思考が硬直した。
あれ？
友達になるって、どうすればいいんだ？
よくよく思い出してみると、ぼくは前世で自分から友人を作ったことがほとんどない。
向こうから話しかけてきて親しくなることはあったが……そのパターンしかなかった。
いざ誰かと仲良くなりたくても、どうすればいいのか見当が付かない。
ひゃ、百年以上生きてたのに……。
冷や汗が流れる。
恐ろしい、あまりに恐ろしい可能性に気づいてしまった。
ぼくってもしかして……、
コミュ症？

午前の授業が終わった後。

ぼくはイーファと食堂へと向かうべく、学舎の廊下を歩いていた。

イーファが心配そうな顔で言う。

「セイカくん、顔色悪かったけど大丈夫？」

「あ、ああ。もう平気だよ」

ぼくは気を持ち直していた。

大丈夫。ぼくだって友達がいなかったわけじゃないんだ。

今生でのぼくは家柄もいいし、ツラだってたぶん悪くない。

それに、どのような形であれ関わりが増えるほど、人間親しくなりやすいものだと前世で女たらしの貴族が言っていた。

積極的に話しかけていけばきっといける。そう信じるしかない。

学園が始まって一ヶ月も経ったのに、仲の良い人間がイーファ以外にいないというぼくの厳しい現状がふと頭をよぎったが、無視することにした。

不安になるだけだから。

「君ィ！　失礼じゃないか！」

学園の廊下に、声が響いた。

周りにいた生徒たちが、何事かとそちらを見やる。

そこには四人の大柄な男子生徒に囲まれた、アミュの姿があった。囲んでいるのは、どうやら上級生のようだ。

やれやれ、また絡まれてるよ。

デーモンの一体を一人で倒したアミュは、一躍学園の英雄に……とはならなかった。てっきり雑魚だと思っていたあのレッサーデーモンは、どうやら一般的な基準からすれば雑魚ではなかったらしい。

数人で倒したならば英雄で済んだだろう。

だが一人で倒したならば、それはもはや強すぎる化け物だ。

周りから向けられるのは畏怖の視線ばかり。

アミュは孤立していた。

さらに悪いことに、アミュの功績は、あの場にいなかった上級生たちの嫉妬を買った。

入学式に出ていた上級生は一部の成績優秀者だけだったようで、そうでない者はデーモンの恐ろしさは知らないままにアミュの名前だけが聞こえてくる状態だった。それがよくなかったらしい。

ただでさえ異様な成績で首席になったアミュは、あっという間に目を付けられた。

というわけで、あんな風に絡まれている様子をしょっちゅう見る。

そのくせアミュはどれだけ詰め寄られても毅然（きぜん）としているからか、嫌がらせは止む気配がなかった。

ぼくは溜息をつく。まあ、強いとああなるんだよな。

周りの生徒も遠巻きに見るばかり。それはあの上級生が怖いのもあるんだろうけど……。

仕方ない。

「あのー、どうかしました？」

声をかけると、四人の上級生が一斉に胡乱げな視線を向けてきた。

ぼくは笑顔のまま話す。

「彼女、この後ぼくと約束が……」

「なんだね、君は？」

四人の中で中央にいた、一番ひょろい金髪が口を開く。

「消えたまえ。私は今この平民に教育を施しているところだ。このレグルス・シド・ゲイブルの声を無視する不届き者は、どうやら世の仕組みというものをわかっていないらしいのでね」

「あたしはひ弱なお貴族様の嫌みと自慢話なんて聴いているヒマはないの。わかったならどいてちょうだい」

アミュの挑発するような物言いに、上級生たちが怒りの目を向ける。

あーあ、もう……。

「アミュ、ちょっともうその辺で……」

「消えろと言ったのがわからないのかね？　君、家名は？　まさか平民の分際でこの私に生意気な口をきいているのではあるまいね？」

「ぼくは……」

その時、右側にいた生徒がレグルスに耳打ちする。

「……レグルスさん。こいつ、ランプローグですよ。例の」

聞いたレグルスは、急に偽物っぽい笑みを浮かべた。

「これはこれは。今年はあの名門ランプローグ伯爵家からご子息が入学されたと聞いたが、君がそうだったとは。会えて光栄だよ、セイカ・ランプローグ君」

「はぁ。どうも」

「それにしても、ランプローグ伯爵家も思い切ったことをする――――まさか妾腹(しょうふく)の魔力なしを、奴隷付きでこの魔法学園に入れるとは。どれだけの金を渡したのか知らないが、うまくやったものだね」

「……」

あらら。そんな噂が立ってたのか。

貴族と言えば噂、噂と言えば貴族だし無理もないが……これはひょっとすると、ぼくもアミュと同じように敬遠されてた感じなのかな？

「まったく魔法学園の質も落ちたものだ。よもや首席が平民、次席が奴隷、三席が妾腹の魔力なしとはね。で、あらためて訊くが君……まさか落とし子の分際で、このゲイブル侯爵家たる私に生意気な口をきいているのではあるまいね？」

「……」

「ふ、そう萎縮せずともよい。詫び代わりに、そうだな」

と、レグルスがイーファに粘着質な視線を向ける。

「君の奴隷を一晩貸してもらえさえすれば、我々は寛容な心で許そうではないか。なあ、お前たち？」

取り巻きどもが下衆な笑い声を上げる。

その中の、一際大柄な男子生徒が、イーファの肩になれなれしく腕を回した。

「レグルスさん、一晩とは言わず買い取っちまいましょうよ。この奴隷……なかなかのもんですよ」

イーファが怯えたように顔をうつむけた。

レグルスは大げさに言う。

「おお、それはいい考えだ。君、あの子はいくらだね？　言い値で買おう」

「……悪いですが、イーファを手放す気はありませんので」

「はぁ、それなら君は何を差し出せるのかね？　……おや」

レグルスはおもむろにぼくの胸ポケットへ手を伸ばすと、ルフトからもらったガラスペンを入れていた革の袋をつまみ上げる。

「ほう。これは」

「レグルスさん、そのペン、帝都でももうなかなか手に入らないやつですよ」

「ふむ、落とし子には贅沢すぎる品だ。そう言えば、ちょうど羽ペンを買い換えたいところだったな」

「……それは大事な物なので、返してもらえませんか」

「わからないのかね？　これで許すと言っているんだよ。それとも、奴隷を差し出すか？」

軽薄な笑みで言うレグルス。

ぼくは、はぁー、と特大の溜息をついた。

もういいや、めんどくさ。

ぼくは声に呪力を込める。

「レグルス・シド・ゲイブル」

「なんだね？　いきなり敬称も付けずに。無礼な呼び方を私が許すと……」

「――――動くな」

その瞬間、レグルスは動きを止めた。

口を半開きにして、間抜けな影像みたいになっている。眼球が動いてなかったら見間違ってもおかしくないくらいだ。

ぼくは、その手から革袋とガラスペンを取り返す。

「返してくれて、どうもありがとうございます」

そしてぼくは、次にイーファの肩に手を回していたがたいのいい男子生徒に顔を向ける。

「君、名前は？」

「お……おれはプレング子爵家のマルクだ。伯爵家だろうが、落とし子ごときに指図される謂れはねーぞ！」

「ではマルク・プレング。そこで固まっている侯爵家の若様をぶん殴れ」

「え？　あ、ああ」

ばきぃッ、という強烈な音がして、レグルスが吹っ飛んだ。

「レグルスさん!?　お、おれは何を……」

床に伸びたレグルスへ、マルクを含めた取り巻きどもが慌てて駆け寄る。が、反応がないようだ。

気絶したみたいだな。

マルクよ、君は武闘家になれ。そっちの方が向いてる。

それにしても、こちらの魔術師はしょうもないな。

ちょっと名前で縛ったただけでこれか。前世ならド素人でももう少し抵抗したぞ。

「行こうか、イーファ」

イーファの手を取って歩き出す。

その小さな手が微かに震えていて、ぼくは苦笑する。

「イーファも臆病だな。あんな連中、今の君ならあくびをする間に火だるまにできるだろうに」

「……そんなことできないよ」

消え入りそうな声。

そりゃ実際にはできないだろうけど、自分の方が強いんだからそう怖がることもないだろうに。

「だって……わたしはセイカくんの所有物なんだよ。わたしのしたことは全部、セイカくんと、ランプローグ家の責任になるのに……」

ぼくは足を止めた。

そういうことか。

「ごめん、そうだね。今度から気をつけるよ」

そう言ってイーファの頭を撫でてやると、くすんだ金髪の柔らかな感触が手に心地よかった。

それにしても、狡猾に生きるというのは難しい。

さっきだって揉め事を起こすつもりじゃなかったんだけど……。

やり返さなければ奪われ続け、やり返せば目を付けられる。

世の中ままならないな。

「イーファも、ぼくとか家とか気にせずやりたいようにしていいよ。なんとなく、ぼくの方がやらかしそうな気がするし……」

「ねえ」

背後から声。

振り返ると、腰に手を当てたアミュの姿があった。

「なに？　さっきのあれ」

ぼくは微笑のまま答える。

「あの子分、侯爵家の若様によほど鬱憤が溜まってたみたいだね」

「ふざけないで。あんたがやったんでしょ」

「さあ」

アミュはつかつかとぼくへ詰め寄ると、その端整な顔を寄せ、脅すような声音で言う。

「答えなさい」

間近で見る若草色の瞳には、激情が宿っていた。

ぼくは一つ息を吐いて言う。

「訊いたら素直に教えてもらえると思った？　手の内はそうそう明かさないよ。誰だってね」

「……あっそ。ならいいわ」

隣を赤い髪が通り過ぎていく。

ふと余計なことを言いたくなった。

「てっきり、お礼を言われると思ったんだけどな」

「はあ？」

アミュが振り返る。

「もしかして助けたつもりだったわけ？」

「うん」

「余計なお世話。あんな連中、なんでもないわよ」

「無闇に敵ばっかり作ってると、そのうち痛い目見ると思うよ」

「余計なお世話って言ってるでしょ。あんたなんなの？　あたしに構わないで」

あー、まどろっこしいな。

ぼくは笑顔を作って言う。

「ぼくたち、友達にならないか？」

「はあ？　なに、いきなり」

「お互い変な噂や偏見のせいで苦労してるだろ？　だから助け合おうってことだよ」

「うわさ？　魔力なしとか奴隷侍らせてるとかはともかく、妾腹がどうこうはあたしさっき初めて聞いたんだけど。あんたは素で友達がいないだけなんじゃないの？」

精神攻撃にひるむぼくを、アミュは冷たい目で見つめる。

「あたしは友達ごっこをするために学園に来たんじゃない。強くなるために来たのよ。くだらない連中となれ合うつもりはないわ」

「……誰に対してもつんけんしてるのはそのせい？」

「だったらなに」

「下策だな。強くなりたいなら、なおのこと仲間を作らないと」

「はあ？」

「強さは数だよ。一人でできることなんて限られる。今の君は、この学園の誰よりも弱い」

アミュがぼくを睨みつける。

「だから成績優秀者同士でつるみましょうってわけ？　ダッサ」

「ダサいかな」

「いずれにせよお断りよ。弱い仲間なんていない方がマシ。いくら名門伯爵家のお貴族様でも、魔力なしなんてね」

「ぼく魔力はないけど、別に魔法が使えないわけじゃないよ。魔法演習の授業同じの取ってるんだから知ってるだろ」

「使えるだけでしょ？　入試の実技では自分の従者にも点数負けてたくせに。あんたが三席だったのはあの嘘くさい筆記点数のおかげじゃない。なに満点って。逆に気持ち悪いんだけど」

「いやあれくらい……」

ぼくが言い返そうとした時。

隣で、イーファが一歩前に出た。

「じゃ、じゃあ、わたしの点数も嘘ください？　セイカくんより、十点低かっただけだけど」

アミュは、わずかに鼻白んだ様子で言う。

「あなたの点数を見て調整したんじゃないの？　お貴族様が筆記まで奴隷に負けるわけにはいかなかったから」

「わたしに勉強を教えてくれたのはセイカくんだよ。魔法だってそう」

押し黙るアミュに、イーファが言う。

「ほんとはセイカくんの方が魔法だってずっと上手なの。でもセイカくんやさしいから……」

「……？　やさしいのがなにか関係あるわけ？」

「的を傷つけないように、威力を抑えて魔法を使ったの！　試験官の人があんな演技しなかったら、三枚の的を壊して三属性分満点取れてたんだから！」

「……演技？　的を壊すとか壊さないとか、なに言ってるの？　そんなの点数に関係なかったはずだけど」

「えっ……でもアミュちゃん、的を六枚壊して実技で満点取ったって聞いたよ」

「あのね……」

アミュがこめかみを押さえて言う。

「実技試験は、型通りの魔法をどれだけ正確に出せるかが採点基準なのよ」

「えっ」

「えっ」

「もしかして、的を壊せば満点だと思ってたわけ？　呆れた……試験官が一度でもそんなこと言った？　常識的に考えてそんなわけないじゃない。ていうかあの的、消耗品じゃないんだから壊れて困るのは当たり前でしょ……あんたたち、やっぱり本当はバカなんじゃないの？」

ぼくとイーファは顔を見合わせる。

どうしよう。何も言い返せない。

「う……セ、セイカくん」

イーファが助けを求めるような視線を向けてくるが、ぼくは目を逸らす。

「いや、あれ最初に言いだしたのイーファだし……」

「!?　セ、セイカくんだって納得してたじゃない！」

「なに低次元の言い争いしてるのよ。同レベルよ同レベル。ていうかあんたも従者のせいにしてんじゃないわよ。ちっさいわね」

アミュは大きな溜息をつく。

「バカ貴族にバカ奴隷。絡んでくる有象無象より、あんたたちの相手してる方がよっぽど疲れるわ……」

そう言って、アミュは踵を返す。

と、急にその体が傾いだ。

「っ……」

転びはしなかったものの、辛そうに目頭を押さえている。

え、そこまで疲れたのか？

「大丈夫か？」

「……なんでもないわよ」

そう言い残し、アミュは去って行った。

うーん？

なんかいやな感じするな。勘だけど。

「バカ貴族にバカ奴隷だって。セイカくん」

隣を見ると、イーファがうらみのこもった視線を向けてきていた。思わず笑みが引きつる。

「あ、あはは、で、でも……イーファも変なところで勇気があるよね」

「……なにが？」

「ア、アミュに突っかかっていくなんてさ……ぼくだったら、あの愉快な侯爵家若君よりもアミュを怒らせる方がずっと怖いな、って」

イーファは、少し口ごもってから言った。

「……わたしだって、怒っていいなら怒るもん」

午後の授業は、学舎から少し離れた大講堂で行われる予定だった。

ぼくらは入学時の成績順でいくつかのクラスに分かれたが、だからといっていつも同じメンバーで授業を受けるわけじゃない。

魔法演習の授業は希望の属性を選んで受けに行く方式だし、たまにこうして、学年全員で同じ授業を受けることもあった。

そういうわけで、ぼくとイーファは食堂から大講堂へ向かう道を歩いていた。

学園内にはいろいろな建物があるだけに、道もかなりの数がある。

全然規則的に並んでないから覚えるのも一苦労だ。

晴れ渡った空を見上げる。今日は控えめな春の陽気が心地良い。

「……ん？」

ふと学舎のそばに差し掛かった時、妙なものが目に入る。

壺が浮いていた。

学舎の三階、窓の近くでふわふわしている。

なんだあれ……？

黙って見ていたが、ちょうど真下に来た辺りで、壺がぐらぐらと不穏な振動を始めた。

いやな予感がする。

ぼくは隣にいたイーファを抱き寄せる。

「きゃっ、な、なに?」

次の瞬間、壺がひっくり返った。

ぐるんぐるん縦回転しながら大量の黒い液体を宙にぶちまける。

それがぼくらに降りかかる寸前。

ぼくは、自分とイーファの位置を二丈(※約六メートル)ほど離れた式二体と入れ替えた。

転移の数瞬後、大量の液体がさっきまでぼくらのいた場所に降りかかり、道が黒く染まった。

生臭いような臭気も漂ってくる。

うわぁ。なんだか知らないけど危ない危ない。

真っ黒になったヒトガタは、もう使えないだろうけど一応別の式神で回収しておく。

イーファはぽかんとしていた。

「え、え、わたし……なにが起こったの?」

「おーい、君たち! 大丈夫か!?」

学舎から、丸眼鏡の教官が飛び出してきた。

教官は黒く染まった道を見て、ついでぼくたちを見て、不思議そうな顔をする。

「あれ？　さっきまでそこを歩いていたと思ったんだが……」

「あ、コーデル先生」

イーファが声を上げる。

教官のコーデルは、ぼくらへ歩み寄ると丸眼鏡をくいと直して言う。

「君たちだったか。驚かせてすまなかったね。怪我はないかい？」

「大丈夫ですけど、あれ、なんなんです？」

「研究に使う予定だった媒体だよ。モンスターの血に、薬草や鉱物を入れて煮込んだ物だ」

どうりであんなに臭いわけだよ。

「上の階に運び入れたかったんだけど、手伝ってもらうはずだったカレン先生が見つからなくてね。仕方なく一人でやってたんだが……これで作り直しだよ。はぁ」

肩を落とすコーデル先生に、ぼくは訊ねる。

「あの壺は先生が浮かせてたんですか」

「そうだよ。専門じゃないから、あまり得意ではないけどね」

重力の魔法は闇属性だったな、とぼくは思い出す。

授業が始まってわかったことだが、闇属性は重力と、それと密接に関係した時間や空間、光属性は雷や、光そのものを司る属性らしい。

ただそれだけでなく、闇だったら影を使った攻撃や呪(のろ)いのアイテム生成、光だったら結界や治癒の魔法も含まれるので、要するに闇っぽい魔法、光っぽい魔法という分類でしかないらしい。

今までよくわからなかった理由もわかった。そもそも分類が曖昧なのだ。

ついでに言えば、闇か光に適性がある人間はごく少ない。

本当は六属性あるのに、四属性魔法なんて呼ばれているくらいだ。

コーデル先生は儀式学が専門だが、確か光属性の使い手だったはずだから、闇属性の重力魔法が使える時点で相当希少な人材なんだろう。

「おっと、授業に行く途中だったかな？　引き留めて悪かったね」

「いえ」

そう言えば、次の授業ってカレン先生が講師だったような……。

見つからないって言ってたけど、大丈夫かな？

◆　◆　◆

カレン先生は、予定より半刻（※十五分）ほど遅れて講堂に現れた。

長い黒髪の、落ち着いた妙齢の女性だが、今日ばかりは慌ただしげだった。

「ご、ごめんなさい、少し遅くなっちゃいました。みなさんの中には知らない方も多いかもしれませんね。実はこの時期になると、帝国の北方から氷が売り出されるようになります。ロドネアの菓子店はそれを使って……」

カレン先生はそこからさらに半刻ほど、ロドネア名物氷菓子の概要と、老舗菓子舗の商品を買うのがどれだけ難しいか、自分がそれを手に入れるのにどれだけ苦労したかを語り、授業はたっぷり一刻（※三十分）ほど遅れて始まった。

「今日は闇属性魔法の中でも、かなり特殊な分野となる『呪い』について説明します。有名なのは……」

カレン先生の講義は、なかなか興味深いものだった。

こちらの世界の『呪い』は、大きく二つに分類されるという。

一つは剣や鎧、装飾品などに術を施し、使用者に害を与えるもの。いわゆる呪物だ。

もう一つは相手に直接呪いをかけるもの。対象の体には呪印が浮かび、たいていは強力な効果を持つ。

……はっきり言って、聞く限りではどちらもめちゃくちゃ扱いにくそうだった。

まず呪われた物品は前世にもあったが、ほとんどが偶然の産物だ。狙って作って、どうするんだろう？　呪いたい相手に贈るのか？

後者は強そうではあるが、なんと呪いをかけるには近づかないとダメだという。もうそれ、弓か剣でいいだろ。物理的に殺せるよ。

こちらの世界での『呪い』がマイナーなのもうなずけた。

現に闇属性の魔法演習教官であるカレン先生も、呪いは専門外らしい。

四属性魔法は対モンスターに特化しすぎているようで、そもそも前世の魔術とはコンセプトがだいぶ違う。

前世の魔術は『呪い』こそが主役の一つだった。

はるか遠くから、病に偽装し、確実に殺せる術を行使できる。

いくつか欠点はあるが、対人に限ればこれほど強力な術もない。

これが未発達だなんて……文化が違えば魔術も違うんだな。

「そろそろ時間ですね。今日はこの辺で終わりにしたいと思います」

授業はキリのいいところで終わったが、絶対予定通りには進んでいないと思う。

次の授業に向かうべく皆が筆記具を片付けだした辺りで、カレン先生は急にこんなことを言いだした。

「あと、みなさんに連絡があります。十日後の講義はすべて休講です。毎年その日は開校記念の式典が開かれることになっていますので、みなさんはお休みということですね」

講堂内がざわつく。中には歓声を上げる者もいた。

式典か。たぶん貴族や役人なんかを呼ぶ、お偉方向けのものだろうな。

「ただ、二名の生徒にはお手伝いをお願いします。アミュさんとイーファさん」

「え、わ、わたし？」

隣で驚いたような声が上がった。

カレン先生はにこやかに続ける。

「首席と次席合格者の二人には当日、祝賀会に先駆けて、今年入学した生徒たちの名を記した羊皮紙をロドネアの森にあるほこらへ収めてきてもらいます」

森にあるほこら？

「みなさんもご存知でしょうが、ここ学園都市ロドネアの興りは、希少な薬草の宝庫であるロドネアの森と、その傍らに居を構えた大賢者とその弟子たちです。森の奥には太古の昔この地に住んでいた者たちの神殿跡があり、様々な薬草は人為的に集められたものではないか、それらを育んでいるのは遺跡に残されたなんらかの魔力源ではないか……などと言われてきました」

先生は続ける。

「真偽の疑わしい話ですが、大賢者とその弟子たちは、神殿へ最大の敬意を払っていました。やがて学園が創立してからもその理念は受け継がれ、今でも毎年式典の折に、新入生の成績優秀者が礼拝に向かうことになっているんですよ」

「礼拝って、具体的になにをすればいいわけ？」

アミュが頬杖をつきながら声を上げる。

「先ほど言った通りですよ。新入生の名を記した羊皮紙を、神殿跡のほこらに納める、それだけです。礼拝と言ってもあくまで形式的なものですからね。それから去年の羊皮紙（スクロール）を持ち帰って終わりです」

「神殿があるのは森のどの辺り？」

「少し時間はかかりますが、問題なく歩いて行ける距離です。それほど心配しなくても大丈夫ですよ、アミュさん。毎年の行事ですから」

「そう。ならよかったわ」

アミュが目を閉じて言う。

なんだろう、意外と慎重な性格なのか？

でも……わからなくもない。

森とは本来危険な場所だ。

管理されたロドネアの森は、おそらくは数少ない例外だろう。

ただ、今は魔族の襲撃があったばかり。こんなタイミングでガレオスの拠点があったあの森に入るというのは、どうもいやな予感がした。

そして、そもそも懸念していることもある。

そうだな。ここは……、

「でも伝統ある行事で、とても名誉なことなんですよ。当日は……」

「先生」

ぼくは手を上げて、先生の話を遮った。

「あ、はい。なんでしょう、ミスター・ランプローグ」

「どちらかが辞退した時は、片方が一人で森に入るんですか？」

「いえ……その時は三席の生徒に代理をお願いすることになるでしょうね。ロドネアの森にも一応弱いモンスターが生息していますから、一人というのは……」

「なるほど。ありがとうございます」

ぼくはイーファに顔を向け、あえて周りに聞こえる声で言った。

「イーファ。辞退しなさい」

講堂がざわめいた。

イーファは一瞬ぽかんとして、少し考えた後に悲しそうな声音で言う。

「え、で、でもセイカく、様。わたし、できれば……」

「聞こえなかったか？　辞退しなさいと言ったんだ」

「……わかりました」

イーファは立ち上がり、カレン先生に向かって頭を下げる。

「先生、ごめんなさい。そういうわけで、わたしはお引き受けできないです」

講堂内のざわめきが大きくなる。

「……何あれ」「式典なんかそんなに出たいかよ」「奴隷に負けたのが悔しいんだろ」「貴族の

恥さらし」「妾腹の魔力なしが……」

カレン先生も眉をひそめていた。

「ミスター・ランプローグ。そのような行いはあまり感心できませんね」

「伝統ある行事なんでしょう？　なら奴隷にやらせるべきじゃない。三席のぼくが代理を引き受けますよ、先生」

ぼくはそう言って席を立ち、講堂を後にする。

その後ろを、イーファが慌てて追った。

「ごめんねイーファ。式典出たかった？」

「ううん。別に」

外の道を歩きながらイーファに訊いてみると、いつもの調子で首を横に振られた。

「なんだかセイカくんが悪目立ちしたそうだったから、乗っかっただけだよ」

「ああ、やっぱり汲んでくれてたんだ」

勉強教えた時から思ってたけど、この子賢いんだよなぁ。

「ねえ、どうしてあんなことしたの？　セイカくん、式典なんてぜったいどうでもいいと思ってるでしょ」

「ぼくってそんなイメージだった？　その通りだけどさ」

「やっぱり……アミュちゃんのため？」

イーファがややためらいがちに言う。

「わざと悪目立ちして、アミュちゃんがこれ以上いろいろ言われないようにしたの？」

「まあそれも理由の一つかな」

「……」

イーファは少し黙って、それからぼそぼそと訊ねる。

「……セイカくんて、ああいう子が好みだったの？」

「えっ？」

「ずっとアミュちゃんにこだわってるから……美人だもんね。すらっとしてて、髪もきれいだし……」

ぼくはしばらく呆気にとられた後、思わず笑ってしまった。

「違う違う。ただ友達になりたいだけだよ」

「どうして？　あの子偉い貴族でもないし、あとひどいこと言うし……」

「それは……」

ぼくは少し迷って、正直に言うことにした。

「強いからさ」

「……」

「イーファも見てたんだろ？　あの子がレッサーデーモンを倒すところを。あれほどの才は、たぶんこの世界に数少ない。仲間になりたいんだよ。ぜひともね」

「……わたしじゃ、だめ？」

「ん？」

イーファが思い詰めたように言う。

「わたしだって強くなれるよ！　なんだかそんな予感がするの。精霊も少しずつ集まってきてるし、難しいお願いも聞いてもらえるようになってる。いつか、きっとすごいことができるようになる気がする。アミュちゃんにだってきっと負けないから……」

ぼくは足を止め、イーファに向けて笑って言う。

「悪いけど、イーファじゃあ力不足かな」

「っ……」

「君は想像できるかい？　自分が多くの人に称えられ、恐れられ、その強さにすり寄られる姿を。あの子は、いずれそうなる。それだけの才能があるんだ」

「……そっか」

イーファは小さくそう呟いて、いつもの笑みを浮かべた。

「……じゃ、わたしも協力するね。女子寮で一緒だから、なにかきっかけがあるかもしれないし」

「ああ。お願いするよ」

「でも……もうさっきみたいなことは、できたらしないでほしい、かな。セイカくんが悪く言われてるのは、聞いてていやな気持ちになるから……」

「ん……わかったよ。イーファの評判にも関わるしね」

そう言って、柔らかな金髪を撫でてやる。

ああいう悪目立ちは、実は嫌いではないんだけど……ぼくの悪い癖だな。

「ちなみに、残りの理由ってなに？」

「ああ。イーファが断っても文句言われないようにするためと、あの場で話を済ませたかったから。それと……」

ぼくは言う。

「またなにか起きそうな気がするんだよね」

其の二

そして、式典の当日。

一応それらしい開会式をやった後、教員らと招待客と一部の上級生に見送られ、ぼくとアミュは羊皮紙（スクロール）を手にロドネアの森へと入った。

「……」「……」

二人で無言のまま、森の道を進む。

神殿の遺跡までの道は、広く踏み固められていて歩きやすかった。定期的に人の手が入っているようだ。おかげで制服も汚れなくていい。

ここロドネアの森は学園の敷地で、当然城塞都市ロドネアの城壁内にある。

城壁の中に森だなんて、はっきり言って頭がおかしいとしか思えない都市構造だ。居住面積が狭まるし、城壁が延びるから敵が来た時に守りづらい。

ただ、ロドネアの始まりがこの森のそばに建つ学び舎だった以上、それは必然だったんだろう。

それに人口密度の高い帝都よりも、こちらの方が住み良いという話は聞いていた。

前世の貴族がこぞって山の風景を庭園に再現したように、自然が近くにあると何かいいのかもしれない。

神殿へは、往復で二刻（※一時間）ほどかかるらしい。

式の終わりまでには戻らないといけないから、あまりもたもたはしていられない。

「ねえ」

唐突に、アミュが話しかけてきた。

「あんたどういうつもり？」

「何が？」

「あんな茶番打ってまで、どうしてこんなイベントに出るのかってことよ」

ぼくはにっこり笑って答える。

「やっぱりこういうのは身分ある人間が出ないと。いくら実力主義の学園でもね」

「嘘」

「……」

「笑顔からして嘘くさいのよ、あんた。式典なんてゴミとしか思ってないくせに」

「……ぼくって本当にそんなイメージなの？」

というかゴミとまでは思ってない。

「だいたい、あんた普段従者にあんな物言いしてなかったじゃない。あの子もあの子でへりくだり方がわざとらしいし」

「……意外とぼくらのこと見てた？」

「あんたたち、いっつも二人でいるからいやでも目に付くのよ。人目もはばからずベタベタベタベタして」

「そんなことないと思うけど……」

いやこれは本当に。

「あんな茶番でわざわざ悪目立ちして、なにがしたかったわけ？」

「今まではアミュばかり悪目立ちしてたから、あんまりだと思ってさ。ぼくたちのために体を張って戦ってくれたのに」

「は？　なにそれ。あたしは別に……」

「あとは、君とゆっくり話がしたかったからかな」

笑顔で言うぼくへ、アミュはゴミを見るような目を向ける。

「あの乳のでかい奴隷だけじゃ飽き足らず、手近な同級生にも手を出そうってわけ？」

「ちょ……誤解だよ。あとイーファとはそういう関係じゃない」

「そういう関係じゃなくてもやらしいことしてるんでしょ」

「してないって」

「怪しいものね」

アミュはそう言って鼻を鳴らす。

「知ってるのよ。領主って初夜権とかいうの持ってるんでしょ。ほんと貴族って最低なこと考えるわね」

「あれはお金払えば免除されるから、実質結婚税みたいなものだよ。金払わないから免除しなくていいって言われた方が領主としても困るよ」

「たとえそうでも領民の女には手を出し放題なくせに」

「それやると領民に逃げられて税収下がるから死活問題だよ」

「ふうん」

「というか、なんで下ネタでこんなに話が弾んでるんだよ」

「っ、知らないわよ！　あんたが始めたんでしょ!?」

「いや、アミュの方からじゃなかったか……？」

　ぼくは溜息をついて言う。

「あの、前にも言ったけど、ぼくとしては友達になってほしいだけなんだけど」

「なんであたしなわけ？」

「浮いてる者同士で声かけやすかったから」

「自分で言っててみじめだと思わない？」

「じゃあ……君が強いから、でどう？」

「強いあたしが、弱いあんたと友達になってどんな得があるのよ」

「ぼく、君が思っているよりはそこそこやるよ」

「そこそこ?」

アミュが、腰に提げた剣を引き抜く。

それを何気なく振ったかと思えば――ほとんど予備動作なしで、ぼくへ裂帛の刺突を放ってきた。

「……」

ぼくの耳をかすめ、背後を刺し貫いた剣先は……飛びかかってきていたスライムの核を正確に捉えていた。

核を割られどろどろに溶けていくスライムを、ぼくは横目で見る。

「雑魚モンスターに後れを取ることを、そこそことは言わないわ」

「……」

ぼくは黙って扉用のヒトガタを仕舞い直す。

こっそり捕まえようと思ってたんだけど、ダメだったか。

それよりも、アミュの持つ装飾付きの剣の方が気になった。

「その剣って、やっぱり杖の代わりなのか?」

「杖剣よ。知らない?」

「確か……魔法剣士向けの武器だっけ」

ぼくの感覚では、術士で剣士というのは意味不明なのだが、この世界にはそういう職がある。剣も魔法も使う。杖剣はそんな戦士のための武器だ。

「前から思ってたけど、それ普段使いするには不便じゃないか？　というかよくそんな物騒なもの学園に持ち込めたな」

「なに言ってんの？　杖だって十分物騒じゃない。あたしは使い慣れた道具を使いたいだけよ。悪い？」

「いや、別に」

本当は、呪(まじな)いの道具にこだわるのはあまりよくないんだけどね。

道具は本質じゃない。杖も杖剣も、呪符や印や真言と同じく無くても問題ないものだ。呪(まじな)いの本質は意識の中の言葉。それがすべて。

まあこの子なら、自力でそこまでたどり着くだろう。

「どうでもいいけど、羊皮紙(スクロール)は汚してないでしょうね。あたしはあんたのお守りをしに来たんじゃないんだからね」

アミュが剣を振ってスライムの体液を振り払い、鞘へと仕舞う。

と、その体がふらついた。

頭痛がするのか、頭を押さえている。

「っ……」

「大丈夫か？」

「……なんでもない」

「あまりそうは見えないけど。君こそ辞退するべきだったんじゃないか？」

「ちょっと……体調が悪いだけよ。あんたに心配されるまでもないわ」

少しすると頭痛も治まったのか、しっかりした足取りでアミュが歩き出す。

まあ、とりあえずはこのイベントを済ませよう。

またしばし、二人で無言のまま歩く。

時間的に、そろそろ神殿に着くかなと思った頃——微かな力の流れを感じ、ぼくは足を止めた。

「……なに、あれ」

アミュも何かを感じ取ったらしい。

訝しそうに向けられた視線の先。

木立の奥に、微かな青白い色が見えた。

「……見てくるよ。そこで待ってて」

「あっ、ちょっと！」

道から外れ、茂みを分け入った先に、木立の途切れたひらけた場所があった。

中央にある大きな切り株には、青白い塗料で魔法陣が描かれている。

デーモン騒動の時に見たものと近い。

土台の切り株はまだ新しい。切り株の周りには小さな白い花がたくさん咲いていたが、ところどころ踏み荒らされたように折れている箇所があった。

どうもこのスペース自体が、人為的に作られたものに見える。

「なんなの、あれ。魔法陣……？」

後ろからついてきたアミュが、魔法陣を見て呟いた。

切り株に向かい、足を踏み出す。

「おい、近づくのはいいけど魔法陣には触れるなよ」

「わかってるわよ、それくらい――」

むっとした顔のアミュが、広場へと足を踏み入れた。

その時。
・・・・・・・・・・・・・・・
広場全体に、巨大な魔法陣が浮かび上がった。

「な、なによこれっ！」

突然足下に現れた魔法陣に、アミュが動揺した声を上げる。

力の流れが、爆発的に大きくなる。

まずい、これは……っ、

「アミュ‼」

とっさにアミュの手を掴んだ。

魔法陣の範囲に、一瞬だけぼく自身も捕らえられる。

そして、次の瞬間。

ぼくの視界は暗転した。

何も見えない。

何も聞こえない。

真っ暗な世界で、ぼくはゆっくりと呼吸し、手を合わせた。

自分の手から自分の体温が伝わってくる。

意識はある。身体感覚もある。

死んだわけではないらしい。

「セイカさま」

その時、耳元でユキのささやき声が聞こえた。

「どうやら転移したようでございます。周囲十丈（※約三十メートル）にわたり、今のところ敵の姿はありません」

どうやら、ユキも一緒に転移していたらしい。助かった。

口元でかき消えてしまうほどの声量で、ぼくはユキへと問いかける。

「……ここがどこかわかるか？」

「恐れながら……」

「いい。アミュは？」

「すぐ近くにおります」

ぼくは声量を上げて呼びかける。

「アミュ、聞こえるか？」

すると、暗い世界に光が点った。

「……よかった。あんたも無事だったのね」

杖剣の先に光を点したアミュが、ほっとしたような表情で言った。

ぼくは、周りに目をやりながら言う。

「ここ、どこだろう。地下みたいだけど」

今ぼくたちがいるのは、岩の壁で覆われた広い通路のような場所だった。

真っ暗な道が前後に延びている。

ただの洞窟とは思えない。

「さあ。でも……あまりいい予感はしないわね」

アミュが言う。

「やっぱり……あの魔法陣のせいかしら」

「たぶんね。切り株の小さな魔法陣は、空き地全体の魔法陣の一部でしかなかったんだ。誰かが足を踏み入れたら転移させるようになっていたんだろうな」

切り株のところだけ塗料を変えて描かれていたのは、注意を引いて近寄らせるためだったんだろう。

まんまとしてやられた。やっぱり勘がにぶっているな。

「あの場所からそう遠く離れてはいないと思うけど……」

「……？　なんでそんなことがわかるわけ？」

「いや、なんとなく」

一応理由はある。学園に残してきた式神とのリンクが切れていないからだ。

第一階層に距離は関係ないが、アドレスが離れすぎると関連性を保てなくなって術を維持できなくなる。

だからたぶん、ここは森の地下、というより神殿の地下なんじゃないだろうか。まあ確証はないけど。

さて、どうするかな。

転移の際に周りの式を全部置いていかされたので、今は手駒がない状態だ。が、ストック分の扉を開けるヒトガタはあるから補充はできる。

確実に行くなら式神を飛ばしてここの構造を探るべきだが……そう簡単に出口を見つけられるとは思えない。これが罠だったとすれば、なおさら。

うーん、今いる正確な場所さえわかれば、森の式と位置を入れ替えて脱出できるんだけどな……。

「っ！　セイカさま」

その時、緊張を含んだユキのささやきが耳に入った。

「右方の通路よりなにか来ますっ」

ぼくにもその音が聞こえてきた。

ひたひたという足音。それと、微かに金属が鳴る音。

「アミュ。右から」

「わかってるわよ」

やがて剣の照らす光の中に、敵影が現れる。

それはトカゲ人間とでも言うべき姿だった。

二足歩行しているが、全身が緑の鱗で覆われ、手足には鉤爪（かぎづめ）が生えている。そんな存在が、曲刀と盾を持ち、簡単な鎧を着ているのは何かの冗談みたいだった。

確かあれは、リザードマンとかいうモンスターだ。

全部で三体いる。

感情のうかがえない六つの瞳が、ぼくらを捉える。右の一体が、威嚇するように口を開けた。

アミュはすでに飛び出していた。

風を切る剣先が、威嚇するリザードマンの口腔を刺し貫く。

曲刀を振り上げた左の一体は、胸当てを蹴り抜かれて壁へ叩きつけられた。

そして後方にいた中央の一体に、無詠唱の火炎弾が放たれる。

炎に包まれた最後のリザードマンは、しばらく濁った断末魔をあげていたが、やがて倒れ伏し静かになった。

なんだ、火炎弾もけっこう強いんだな。

壁際でのびているリザードマンに、アミュがとどめを刺す。

息が乱れた様子もない。

「……すごいね。もしかして慣れてる？」

「多少は」

「でも、閉所で火の魔法はやめた方がいいかもね。空気が悪くなる」

「ちょっとくらいなら平気よ。そう言うあんたはなに使うわけ？」

「こんなのとか」

《木の相――――杭打ちの術》

虚空から現れた九本の杭が、ぼくの背後へ打ち出される。

それらは、後方から迫っていた巨大なオークへと次々に突き立った。

豚面のモンスターはわずかにふらついた後、そのまま仰向けに倒れる。

死んだようだ。

アミュがオークの死骸を見やり、眉をひそめる。

「なに？　この魔法。木の杭……？」

「そうだよ」

《杭打ち》は西洋を旅する途中、吸血鬼対策でわざわざ作った術だ。白木の杭がよく効くと聞いたから。

結局トランシルヴァニアでもハンガリーでも目にすることはなかったものの、ベースにした梣（トネリコ）には多少破魔の力があるので、日本に帰ってからもたまに使っていた。

四属性ではないから多少怪しいだろうが、閉所で安全に使える術は限られる。

こんな状況だ、やむを得ないだろう。

「聞いたことないんだけど。こんな魔法」

「そう？　まあぼくはランプローグ家だから。一般に知られない魔法でも学ぶ機会はあるのさ」

これで誤魔化されてくれるといいな。

「……まあいいわ。とにかく、これで一つはっきりしたわね」

アミュが倒したモンスターを眺め、呟く。

「ここはダンジョンよ」

ぼくは眉をひそめ、問い返す。

「ダンジョン……ここが？」

ダンジョンとは確か、モンスターの出現する地下迷宮のことだ。

ただの空間ではなく、核となるボスモンスターやアイテム、術士などがいる、異界に近い場所だったはず。

「こんな場所でモンスターが出る以上、そう考えるのが普通よ」

「へえ……なるほどね。ダンジョンに来たのは初めてだ」

そう言ってぼくは地面に腰を下ろす。

それをアミュが訝しげに見下ろす。

「なにやってるの？」

「座ってる」

「なんで？」

「闇雲に歩き回ったって仕方ないだろ。体力を消耗するだけだ。ここでじっとして助けを待った方がいい。ちょうどモンスターの死骸でぼくらの体臭も紛れるし……」

「助けなんて来るわけないじゃない」

言い切るアミュに、ぼくは再び眉をひそめる。

「どうして?」

「ダンジョンから帰らなかった者を助けに行くことはないわ。遭難して生きているよりも、モンスターに襲われて死んでる方が多いんだから」

「それは冒険者の話だろ?　ぼくらは学生で、事故でここに迷い込んだんだ」

「なお悪いわよ。あたしたちは入り口から入ってきたわけじゃない、どことも知れないダンジョンにいきなり転移したの。仮に先生たちがあの魔法陣を見つけたとして、転移で追ってくると思う?　遭難者を増やすだけよ」

「魔法陣を解析すればどこに転移したかくらいわかるだろ」

「わかってても同じこと。たぶんだけど……ここはギルドに管理されたダンジョンじゃないわ。当然マッピングだってされてない。そんな場所にいきなり遭難者を探しに行くなんて、専門の冒険者ですら請け負わない」

「じゃあどうするんだよ」

「ダンジョンで迷った時にやることは一つだけ。歩くのよ」

アミュが、ぼくに手を差し伸べる。

「歩いて歩いて、気力と体力が尽きる前に、他のパーティーか出口までの道を自力で見つけ出す。それしかないの」

「はは、絶望的だな、それ」

ぼくはアミュの手を取って立ち上がり、ズボンに付いた土を払う。

本当は二、三刻ほど、式の視界で地上の様子をじっくり観察したかったんだけど……まあいいか。

方針を決めよう。

進むのはいい。体力が尽きることは心配していない。

こういう場所で怖いのは、飢えに渇き、窒息など不足による死だ。でも食べ物も水も空気も、ぼくなら呪いでまかなえる。数ヶ月は問題なく過ごせるだろう。

いざとなれば、大量の式神でダンジョンを総当たりし、地上への出口を探すこともできる。

もったいないからあんまりやりたくないけど。

となると、なるべくヒトガタは温存したいな。もう一つ試したいこともあるし。

「ユキ」

ささやきにも満たない声量で、ユキに呼びかける。

「あまり式を使いたくないんだ。索敵を頼めるか？」

「‼　任されましたぁっ、セイカさま！」

ユキが嬉しそうに返事をする。

モンスターはさほど脅威ではない。ユキは神通力がお世辞にも得意とは言えないが、この場では十分だ。

どのみちこんなに暗いとヘビかコウモリくらいしか使えないしね。扱いにくいんだよな、あれ。

そうだ、暗いと言えばもう一つ。

「アミュ。ちょっと待って」

歩き出そうとしたアミュを引き留める。

「剣の光は消していいよ。灯りはぼくが受け持つ」

そう言ってヒトガタを数枚飛ばし、光を点した。

先ほどまでよりずっと明るくなった地下通路の中で、アミュは驚いたように言う。

「これ、呪符？　あんた符術なんて使えたの？　しかもこれって、光の魔法……」

「まあね。言ったでしょ、ぼくそこそこやるんだよ」

アミュが小さく息を吐いた。

「生き残れる確率が上がったわね。ほんの少し、気休め程度にだけど」

その横顔を見て、ぼくは思わず口走る。

「アミュ、全然余裕そうだね。こんな状況なのに」

この子からしてみれば、生還なんて絶望的に思えるはずなんだけど。

聞いたアミュはわずかに目を見開いた後、顔を逸らした。

「……そんなことないわよ」

剣士であるアミュを先頭に、ダンジョンを行く。

ある程度進むごとにヒトガタを通路の天井に張り付け、呪力を込める。

「……あの、セイカさま。先ほどからなにをなさっているので？」

「ちょっとね。地表から位置がわからないかと思って」

アミュに聞こえないように答える。

学園に残してきた式神は、数羽のカラスを除いてすべてミツバチに変え、森の地表を飛ばしていた。

が、まだ術の影響を感知できていない。

もう少し続けてみよう。

それにしても、ミツバチの視界は見づらいな。

複眼なうえに人には見えない色が見えるから、見慣れた物でも違って見える。

この式にしかできない仕事だから仕方がないけど。

たびたびモンスターに遭遇した。

リザードマンにオークの他、スケルトンにスライム、ゴブリンなど、ダンジョンでは珍しくないとされるモンスターばかり。

ただ遭遇するたびに、ぼくはここが異界であることを実感する。

普通、洞窟に生物は少ない。せいぜいがコウモリの糞を餌にする毒虫やネズミの類がいる程度だ。

こんな場所に、これほど大きな生命体が大量にいる状況はおかしいのだ。

モンスターを生んでいるのはこのダンジョンの核なのだろう。動物に近いと思っていたが、やはりモンスターも化生(けしょう)の類のようだ。

前世にも、ダンジョンに近いものはあった。迷い家や隠れ里といった、超常の力で存在する異界が。

ただ違うのは、この場所がちゃんと物理的に存在しているということ。

ならば物理的に脱出できる。

「手応えないわね。レベルの低いダンジョンみたい」

アミュがスケルトンの頭蓋骨を蹴っ飛ばして言う。

彼女はずっと前に出て剣を振るい、モンスターを倒し続けている。ぼくの出番なんてほとんどなかった。

「あまり無理するなよ。ぼくが前に出ようか？」

「冗談でしょ？　前衛は剣士に任せておきなさい」

アミュは凄みのある笑みを浮かべる。

「実力のある前衛職はね、魔力を身体能力に変えられるの。これくらいなんでもないわ」

実際、アミュが息を切らしている様子もない。

目にも留まらぬほどの剣筋といい、デーモンの棍棒を弾いた馬鹿力といい、言うだけのことはある。

加えて鮮やかな剣技に体捌き、全属性の魔法を無詠唱で操るその才。

さすがは勇者、と言うべきなのかもしれない。

まだ子供ゆえ未熟さはあるが、成長した時、いったいどれほどの強さを得るのか――――。

「セイカさまっ……」

ユキが耳元で敵を知らせてくる。

やがて視界に入ったその姿に、アミュが楽しそうな声を上げた。

「へぇ。ちょっとは強そうなの来たじゃない」

やがてヒトガタの光に照らし出されたのは、何度か見たゴブリンだった。

ただし、でかい。

身の丈七尺（※約二・一メートル）はあろうか。緑の皮膚に鉤鼻は同じだが、体格は段違いだ。

おそらく、ホブゴブリンと呼ばれるゴブリンの上位種。

しかも普通の小さなゴブリンも数体引き連れている。

「ブブゥゥゴォォォァアッ‼」

ホブゴブリンはぼくらを見るやいなや、蛮刀を振り上げ突進してきた。

アミュがそれを迎え撃つ。

上段から振り下ろされる蛮刀を、杖剣が一閃。大きく弾き返す。

体勢が崩れたままホブゴブリンが再び蛮刀を振るうが、大きく踏み込んだアミュがそれを握る腕ごと切り飛ばした。

耳障りな絶叫が通路に響き渡る。

とどめとして首を落とすべく、アミュが剣を振るおうとした。

その時。

アミュの体が、大きく傾いだ。

「……っ」

こめかみを押さえ、苦しそうに体をふらつかせるアミュ。

「ブゴォォアッ‼」

その頭を、ホブゴブリンの残った太い片腕が殴り飛ばした。

鈍い音と共に壁に叩きつけられ、アミュがずるずると地面へ倒れ込む。

動かない少女剣士に、ホブゴブリンと取り巻きのゴブリンどもが殺到していく。

「アミュっ！」

白木の杭が、ホブゴブリンの頭蓋を貫いた。

周りのゴブリンどもも《杭打ち》で片付けつつ、アミュに駆け寄る。

息はある。

だが、気を失っているようだ。

「セイカさま、まだまだおりますよっ」

「わかってる」

頬に流れる血を拭ってやりながら、迫るゴブリンに杭を放つ。

治療してやりたいが、まずはこいつらを片付けるのが先決だ。

杭を放つ。

杭を放つ。

杭を放つ…………。

「……って、どれだけいるんだよ！」

灯りのヒトガタを飛ばし――ぼくは愕然とした。

通路の前方は、ものすごい数のゴブリンで埋まっていた。

しかもホブゴブリンまで数体混じっている。

思わず顔が引きつる。

めんどくさっ！

こんなの《杭打ち》で相手していられない。ちょうどアミュも気絶しているところだし、いいだろう。

《召命（しょうめい）――大百足（おおむかで）》

空間の歪みから、黒光りする巨大なムカデが姿を現す。

大百足は脇目も振らずにゴブリンへ襲いかかると、その凶悪な顎で食らいついた。

周りのゴブリンがナイフを振るうが、意に介す様子はない。

それどころかホブゴブリンが蛮刀を振り下ろしても、黒光りする甲殻には傷一つつかなかった。

大百足は次に蛮刀の持ち主へ目を付けると、その少し大きめの獲物に食らいつき、断末魔すらあげさせずに飲み込む。

ゴブリンどもは、その辺りで総崩れに陥（おちい）った。

雪崩を打って逃げ出す獲物を、大百足は無数の足を素早く動かして追い、食らっていく。

ぼくはその様子を、ただ眺めていた。

やっぱりこういう場所での大百足は強いな。

遠くから火矢とか撃たれないうえに、壁や天井まで足場にできるからね。
この分なら、モンスター掃除は任せても大丈夫そうだ。

杭打ちの術

白木の杭を打ち出す術。吸血鬼退治の白木とはトネリコ・ビャクシン・セイヨウサンザシ・ポプラなどだが、セイカがトネリコを選んだのは日本にも自生していてなじみがあったのと、建材としても使われていて頑丈そうだったから。セイカが前世で東欧を訪れたのはドラキュラ公の誕生よりずっと前の時代だが、その頃からヨーロッパにはストリゴイやクドラクをはじめとした吸血鬼伝承が多数存在した。

其の三

「ん、んん……」

アミュが、微かな呻き声と共に身じろぎした。

「あ、気がついた？」

「ここは……あたし、どうしたの？」

アミュが体を起こし、隣で壁に背を預けて座るぼくを見る。

「残念ながらまだダンジョンの中だよ。君はホブゴブリンにやられて気を失ったんだ」

「……思い出した。なんであたし、あの程度のモンスターに……」

アミュが髪を濡らす血に触れ、顔をしかめた。

次いで頭をあちこち触り、不思議そうな顔をする。

「あれ、傷が……」

「ぼくが治しておいたよ」

「……あんた、治癒の魔法も使えたの？」

アミュはそれから、通路の奥に散乱するゴブリンの死骸に目をやった。

「もしかして、あれもあんたが？」

「まあね」

大百足は食べ方が汚いから、ひどい有様だ。

その代わりだいぶ奥の方のモンスターまで食ってくれたから、ここはしばらく安全だろう。

「あんた何？　あたしが言うのもなんだけど、ちょっとおかしいんじゃ…………っ！」

アミュがまた、急にこめかみを押さえて苦しみだした。

「大丈夫か？　君のそれは持病か何かなのか？」

アミュはぎゅっと目を閉じたまま、首を横に振る。

「原因に心当たりは？」

また首を横に振られた。

ぼくはヒトガタを取り出す。

これが病ならどうしようもないが、今はつい先ほど傷病を移し替えたばかりだ。こんなに早く症状が出てくるのはいくらなんでもおかしい。

となると、あれかもしれない。

ヒトガタを配置し、印を組む。

「……あ」

「どう？　楽になった？」

「う、うん……」

　アミュがゆっくりと体を起こす。

「なにかしたの？」

「結界を張った。この中にいる間は呪いも届かないよ」

「呪い……？」

「ああ。その症状、いつ頃出始めた？」

「えっと……ちょうど、一月くらい前。最初はめまいがするくらいだったんだけど、だんだん頭が痛くなってきて……」

　一ヶ月前となると、入学してからか。

「でも、これ……呪いではないと思う。あたしも、一度そうじゃないかと思って呪印を探してみたけど、体のどこにもなかったもの」

「自分では探せない場所もあるだろ」

「……」

「いや別に見せろなんて言ってないからね？」

「……わかったわ。今見てくれる？　それではっきりするでしょ」

「え」

「ちょっと後ろ向いてて」

　言われるがままに後ろを向くと、衣擦れの音が聞こえてきた。

言葉もなく待機するぼく。

「……いいわよ」

振り返ると、背を向けたアミュの白い裸身があった。

顔を横に向け、視線だけでぼくを見て言う。

「どう？　寒いから早くしてもらえる？」

言われた通り、髪を分けたうなじから白い背中、小ぶりな尻からふくらはぎへと見ていくが、呪印のようなものは特に見当たらない。

「……ない」

「そう。やっぱりね。じゃあまた後ろ向いててくれる？」

再び後ろを向くと、また衣擦れの音が聞こえてくる。

腰を下ろす気配がしたので振り返ると、元通り服を着たアミュが壁を背に隣に座っていた。

平然としているように見える……が、よく見ると少し顔が赤い。

「言ったでしょ。違うって」

その声は、ほんの少しだけ震えていた。

もしかすると、アミュ自身もずっと不安だったのかもしれない。

ただ、ぼくは言わなければならない。

「いや……そうとは限らないよ。たとえば線を肌に近い色にしたり、ものすごく小さくしたりして見つけにくくしてるのかもしれない」

「まさか、もう一回見せろって言うつもり!?」

「違うわっ！　抜け道なんていくらでもあるってことだよ！　他にも頭皮とかのどの奥とか、まあ後はいろんな穴の中とか、呪印を隠す方法なんていくらでも思いつく。否定はしきれないよ」

「じゃああたし、なんのためにさっき裸見せたわけ？」

「いや……」

「そもそも、あたし呪いをかけられた記憶なんてないのよ？　カレン先生が授業で言ってたじゃない、呪いをかけるには対象と相対しなきゃいけないって。その時点で否定できない？」

「……そう思ってたなら、なんでさっき脱いだんだ？」

「っ‼　うるっさいわね、殺すわよ!?」

「すみません……」

八つ当たりはやめてほしい。

「とにかく、現に結界が効いている以上は呪いだと思ってた方がいい。それに……実際は遠くからでも、呪いはかけられるしね」

「それもランプローグ家に伝わる知識？」

「まあそんなところ」

「ふうん……じゃあ何？　あたし、ずっとあんたの結界の中にいなきゃいけないの？」

「そうでもない。術者に抜け道があるように、かけられる方にだって抜け道がある……髪の毛一本もらえる？　血が付いてる方がいい」

アミュは血に濡れた髪を一本引き抜くと、こちらへ差し出してきた。

ぼくはそれをヒトガタに結び、上から呪力で文字を書いて真言を唱える。

……よし、これでいい。

「はい。この呪符を持っているといいよ。君の身代わりになってくれる」

アミュは受け取ったヒトガタをうさんくさそうに眺める。

「本当にこんなのが効くの？」

「効くよ。ただし消耗品だけどね。ある程度呪(のろ)いを防いだらダメになる」

「なら……」

「そうしたらまた作るけど、でもその前になんとかするよ。ぼくが」

「そ、そう……」

しばしの沈黙の後、アミュはおもむろに立ち上がった。

「……進みましょう。あれがもう起きないなら、あたしもちゃんと戦えるから」

歩き出そうとするアミュ。その手を、ぼくは掴んだ。

「なに？」

「焦りすぎだよ」

ぼくは言う。

「ずっと歩き通しだったたし、君は怪我が治ったばかりなんだ。もう少しここで休んだ方がいい」

「……わかったわ」

意外と素直に、アミュは再び腰を下ろした。

「のど渇かない？　水あるよ」

と言って、ぼくは天井から吊り下がっていた薬罐を差し出す。

アミュは、それを怪しそうに眺める。

「実はずっと訊きたかったんだけど、これなに？」

「薬罐って言って、生薬を煮出すのに使う宋の……じゃない、外国の道具だよ。今は水だけ入ってる」

アミュは恐る恐る取っ手を受け取ると、注ぎ口に口を付けて薬罐を傾ける。

「……おいしい」

「そうでしょ」

その答えにぼくは満足して、自分でも一口、薬罐吊の水を飲む。

薬罐吊はその名の通り薬罐の姿をしていて、山中で木の上からぶら下がってくるというただそれだけの妖(あやかし)だ。

特に害はないどころか、中の水がとてもおいしいというありがたい存在で、ぜひ捕まえたいとわざわざ探したほどだ。

けっこう珍しいからあの時は苦労したが、その甲斐はあった。

実はモンスターの体液だなんて言ったら、アミュは怒るかな。ただの水だけど。

「話でもしよう」

「話？」

「そもそもぼく、アミュと話したくて今日来たんだしね。ほら、何かぼくに訊きたいこととかない？」

アミュは少し考えた後、小さな声で言う。

「あんたって……本当は符術使いだったわけ？」

「……」

こちらの世界にも、紙に文字や魔法陣を描いて魔法を使う、符術の系統が一応はあった。

もちろん、前世のものとは大きく違うわけだが……今はそういうことにしておいた方がいいかもしれないな。

ぼくは作り笑いと共に答える。

「まあね。ぼくは生まれつき魔力がなかったから、いろいろ工夫せざるを得なかったんだ。苦労したよ」

「……ふうん。じゃあ、なんで学園では杖振ってるわけ？」

「みんなが使ってるから。少しでも周りから浮かないようにと思って」

「ええ、そんな理由だったの？　意外とその辺気にしてたのね……結局浮いてるけど」

アミュが呆れたように言う。

「それで……あんた本当は何属性使えるの？　授業でとってる分だけじゃないんでしょ？」

「さあ」

「さあ？」

「自分が使ってるのが何属性の魔法なのか、正直よくわからないんだ。あー……」

ぼくは苦笑して言う。

「魔法のことはあまり訊かないでもらえると助かるな。答えにくいことがあるから」

「ふうん、そう。じゃあ…………あの従者とは実際どこまでいったわけ」

「はっ、またその話？」

「なによ。訊きたいことないかって言ったのはあんたじゃない」

そう言ってアミュが睨んでくる。

「ちゅーくらいした？」

「してないって」

「乳か尻揉んだことくらいはあるんでしょ」

「だからないっての。ぼくをなんだと思ってるんだよ」

「なんなの？　あんたの奴隷なのよ？　いくら手を出しても誰からも責められないのに。周りの男どももなんて絶対あの子のことやらしい目で見てるわよ」

「は……？　誰だよそいつら」

「急に怖いのやめなさいよ。はぁ」

　アミュが溜息をつく。

「つまんない」

「つまんないってなんだよ。品のないおっさんみたいなやつだな……」

「あの子、たぶんあんたのこと好きよ」

「……それ違う人にも言われたけど、勘違いだって。イーファは小さい頃から一緒で、家族みたいなものだから」

「お貴族様が奴隷と家族ってなにそれ」

「別に珍しくもないよ。小さい頃から子供と一緒に教育を受けさせて、成人してから解放して領地経営や事業を手伝わせるとかよくある話だし。ほら、家庭教師は一人で済むからお得だろ？」

「なにその理由、貧乏くさっ」

「イーファはそういうのじゃなかったけど……ぼく、妾の子だったから昔から家で腫れ物扱いでさ。母親には無視されるわ兄貴にはいじめられるわ侍女(メイド)には陰口たたかれるわ。そんな中でイーファだけが普通に接してくれたんだよ。あの子が今敬語じゃないのもそれが理由」

「……そうなんだ」

「わかった？　ぼくとイーファはそういう距離感なの」

――――本当は。

本当は情を移したくないだけだ。いつ切り捨てることになってもいいように。

ぼくは、生まれ変わっても人間を信用していない。

「あんたも……いろいろ苦労してたのね。その、本当のお母さんは？　伯爵家に引き取られたってことは……死んじゃったの？」

「え……さあ」

「さ、さあ？」

「そういえば気にしたこともなかったな」

どうでもよすぎて。

「まあ、普通に考えたら死んだんじゃない？　じゃないとぼくを引き取らないでしょ、たぶん」

「軽っ……寂しいとか思わなかったの？　家でそんな目にあってたのに」

「正直あんまり辛いと思ってなかったからね。あ、今ではそんなに家族仲悪くないよ。母親と二番目の兄は相変わらずだけど、父上は学園に行くことを認めてくれたし、上の兄からはこの前手紙もらった」

「なんというか……あんたもたいがい変わってるわね」

呆れたように呟くアミュに、ぼくは笑って訊ねる。

「アミュの家族はやっぱり冒険者関係？」

「なんで知ってるのよ。誰かから聞いたの？」

「いや。ダンジョンや冒険者の事情に詳しかったから、そうなんじゃないかなって」

「そうよ。母はギルドの幹部。父は未だに冒険者やってるわ」

「モンスター相手の戦闘に慣れてるみたいだったけど、アミュも森や迷宮に潜ってたの？」

「……十歳の頃から。父と一緒にね」

「どうりで」

「……」

「冒険者の中で、アミュは強い方だったりする？」

「……どうでしょうね。正式にギルドへ登録してるわけじゃないから、記録の上ではまだ十級ですらないけど」

「登録してないって、なんで？」

「十五歳にならないとギルドへは加入できないのよ」

「それなのに迷宮に潜っていいの？」

「……本当はよくないけど、あまりそういうことに厳しくはないわ」

「へぇ」

「……」

……どうも、話したくなさそうな雰囲気が漂ってくる。話題変えるか。

「あー、なんか趣味とかある？」

「……別に」

「そう言えば、学園には剣術クラブがあるって聞いたけど、アミュは入らないの？」

「ぬるそうだったからやめたわ。一人で素振りしてた方がマシ」

「えっと、じゃあ……好きなこととかは」

「…………戦うこと」

「え？」

「相手がモンスターでも人でもいいから、戦ってる時が好き。他の、どんなことをしている時よりも……それだけ」

「……」

あれ、これ話題変わったか？

相変わらず話したくなさそうなアミュに、ぼくはかける言葉を迷う。

「やっぱり、変でしょ」

「え？」

膝を立てて座るアミュが、自らの杖剣を抱き寄せる。

「お父さんにもお母さんにも言われたわ。アミュはおかしいって」

「……」

「冒険者は……どんな荒くれ者でも、普通は冒険以外の物が一番大事なんだって。お金でも、名誉でも、家族でも、仲間でも。冒険そのもののために生きてる人はいないみたい」

「……」

「傷つけば痛いし、死にそうになるのは怖い。あたしは、そんなのささいなことだと思うんだけど……普通はそうじゃないって。みんな心のどこかでは、戦いを嫌ってるんだって。あたしは……そういう気持ちが壊れてるみたい」

アミュの独白を、ぼくは黙って聴く。

「あたし、強いでしょ？　昔から強かったのよ。剣も魔法もすぐに覚えられた。ギルドのみんなに天才だって誉められたわ。勇者の再来だ、ともね。初めてダンジョンに潜った時だってモンスターを何体も倒して、度胸があるとも言われた。一年経った頃には腕を認められて、父以外のパーティーにも加わるようになったわ。でも……すぐに、そんなこともなくなった」

「……」

「今思えば当然よね。大規模パーティーが崩壊して半数が死んで、ギルド全体が葬儀中みたいな雰囲気になってた中、平然とまた行こうなんて騒いでたんだから。戦闘狂とかイカれてるとか、死にたがりなんて言われるようになったわ。お父さんとお母さんに迷惑がかかるのがいやで、パーティーに参加することはなくなったけど……その後も一人でこっそり森に入ってたくらいだから、みんなの言う通りだったわね」

「……」

「学園に来たのは、ギルドを離れたかったのもあるんだけど……強くなりたかったの。もっと魔法を学んで、誰よりも強くなれば、戦いなんて退屈なだけになるんじゃないかと思って。そしたら、あたしも普通になれるかなって……でも、やっぱり無理かも」

「……」

「だって、学園で授業受けてるよりも……レッサーデーモンに襲われた時とか、今の方が、楽しいって思ってるのよ？　おかしいでしょ、こんなやつ。だから…………」

「別に、おかしいとは思わないけどな」

　ぼくは、そう口を挟んだ。

「人間なんて一人一人違うんだから。それも個性だよ」

「……個性って言っても、限度があるでしょ」

「ないよ、限度なんて。普通ってものがあるなら、アミュも普通だ」

「……なにそれ」

アミュがぼくを横目で睨む。

「気休めならやめて」

「気休めじゃないよ。そうだなぁ……」

ぼくは少し考えて話し出す。

「人に限らず生命は皆、子を残して次の世代に繋ぐものだ。では、どんな子を残すべきか」

「どんなって……強い子じゃない？」

「強いとは？」

「それは、力があるとか、賢いとか」

「力はそれが必要のない環境だと、筋肉が体を重くする分かえって害になる。賢さも、時に新たな挑戦の妨げになる」

「じゃあどんな子だといいわけ？」

「多様な子だよ」

ぼくは言う。

「環境によって強さは違う。だけど環境がどう変わるかは神ですら知り得ない。暑くなるのか寒くなるのか。食べ物がどれくらい減るのか、敵がどれくらい増えるのか。だから生命は、できるだけ多様な子を残す。どんな環境になっても、いずれかの子が生き残れるように。人が一人一人違うのもそれが理由だよ。アミュだって――――そんな多様な子たちの一人でしかない」

「……」

「アミュが求められる環境は、単にまだ来ていないだけだよ。もし世界にもっと争いが増えたら、アミュの言う普通の人たちは戦いに疲れ果てる。でもそんな時、アミュが先頭に立ってみんなを励ましたら、きっと感謝されると思うよ。誰もイカれてるなんて言わない」

「……そんな時なんて、死ぬまで来ないかもしれないじゃない」

「それでもいいんだよ。アミュがいた意味はあったから。争いの世に備えてた、っていうね。少なくとも、ぼくはアミュがおかしいなんて思わないよ」

「……そう、かしら」

「それにさ、アミュにだって戦い以外に好きなことあるでしょ」

「え……なに？」

「猥談。今日君が一番楽しそうだったのってこれ……いだぁっ！」

　鞘の尻で小突かれた。

　顔を赤くしたアミュがぼくを睨んでくる。

「冒険者って粗野で下品なやつばっかだから、し、嗜好がうつったのよっ！　それ誰かに言ったら殺すからね⁉　あと、あ、ああああたしが、ぬっ、脱いだこともっ‼」

「ふふっ」

「なによその反応。まさか脅す気⁉」

「いや違うよ。そういう前向きな考え方はいいなと思っただけ」

目をしばたたかせたアミュが、ふと静かになる。

「そうね。こんなこと、助かってから言うことだったわね」

「助かるよ。きっと」

「うん……」

それきり、アミュが沈黙する。

実はさっき、アミュに言わなかった話が一つある。

アミュの戦いを求める性格が、勇者の転生体であることに起因する可能性だ。

ぼくのように記憶を持った転生者ではないようだが、剣や魔法の才に、性向が紐付いている可能性は十分ある。わざわざ言うことでもないけど。

と、その時。

ぼくはおもむろに顔を上げ、天井に目をやった。

あれ、これはひょっとして……。

「……ありがとね。セイカ」

「……」

「あなたと話せてよかった。それと、助けてくれたことも感謝してる」

「……」

「……セイカ？」

何もない天井を見上げていたぼくは、アミュへと視線を戻した。

そして、笑って立ち上がる。

「よし！　行こう、アミュ！」

「え、ええ？」

「ここはダンジョンだろ？　ぼく、冒険は初めてなんだ。どうせなら楽しもう。二人だけのパーティーだけど、ぼくらならモンスターなんて敵じゃないよ」

「……しょうがないわね。先輩冒険者としていろいろ教えてあげるわよ。よく見てなさい」

アミュは仕方なさそうに笑って、差し伸べていたぼくの手を取った。

其の四

しばらく歩いた後、ぼくらはその部屋へたどり着いた。

「なんだあれ……」

青銅の扉が付いた広い部屋の中に、巨大な蛇がとぐろを巻いていた。

大木のような太さの胴に、黒い鱗を持った蛇。

ただ、その上半身は人間だった。

鱗と同じく黒いが、皮も腕も人間のものだ。しかし頭だけはまた蛇に戻っている。まるで邪教の祀(まつ)る神のような異形だった。

組んだ両腕にはこれまた巨大な剣が握られているが、蛇の目は閉じている。

寝ているのか……?

「あれはナーガね」

扉の隙間から一緒に中を覗いていたアミュが言う。

「あたしも初めて見る。たぶん、このダンジョンのボスよ」

「ボス?」

「ダンジョンの核か、核を守っているモンスターってこと」

「なるほど」

あれを倒せばこのダンジョンは攻略完了ということだな。

「ひょっとして、ボスを倒したら外への道が現れたりする？」

「下層へ潜っていくダンジョンならありえないわね。ただここはずっと平坦だったし、どうも遺跡が元になってる気がするから……もしかするとありえるかも。部屋の奥にも通路があるみたいだしね」

「よし、それなら……」

「でも、やめた方がいいと思う」

アミュがそう遮った。

「どうして？」

「ナーガはかなりの強敵よ。六人パーティーだったら全員四級以上、四人パーティーだったら三級以上ないと厳しいレベル。しかも黒いナーガって聞いたことないわ。普通は砂色で、赤いやつだと火を噴いてくるらしいから、あれもたぶんなにか特殊能力を持ってる。それがわからないのは危険すぎる」

「……」

「引き返しましょう。入り口は別にあるはずだから、そっちを探す方が無難よ」

「それはできないよ、アミュ。ぼくらには探索に時間をかけられるだけの備えがない。むしろ体力の残ってる今、この部屋にたどり着けたことを幸運に思うべきだ」

「……」

「あれを倒そう。仮に部屋の先に出口がなくても、核を潰せばモンスターの脅威はなくなる」

「セイカは……あれに勝つ自信、ある？」

「アミュとならね」

アミュはふと目を伏せると、小さく笑った。

「わかったわ。でも、ダメそうなら逃げること。いい？」

「ぼく、逃げるのも得意だよ。撤退する時はいつでも言ってくれ」

そう、逃げるのはいつでもできるんだ。

アミュは鞘から杖剣を引き抜く。

「三つ数えたら行くわよ。部屋に入ったらナーガが起きるはずだから、体勢が整う前に魔法を撃って」

「了解」

どうせなら印も真言も省略せずやるか。

「三、二――――」

ぼくはヒトガタを浮かべる。

「一ッ！」

アミュが扉を蹴破り、疾駆し出す。

ナーガの蛇の目が、おもむろに開いた。

剣を持った両腕を広げ、侵入者のアミュに目を向ける。

ぼくはそのナーガを見やりながら、印を組み、真言を唱えた。

《木の相――杭打ちの術》

丸太のような梣の杭が放たれ、ナーガの左手から剣を弾き飛ばした。

さらに二本目、三本目が胸や胴に命中し、大きくよろめかせる。

やっぱりちゃんとやると威力が違う。

ただ……、

「……浅いな」

大したダメージになってない。

ナーガは胸と腹に刺さった杭を左腕で引き抜き、その縦長の瞳孔を今度はぼくへ向けた。

「余所見してんじゃないわよッ！」

アミュが蛇の頭に火炎弾を放つと、ナーガがひるんだようによろめいた。

右腕で振るわれた巨大な剣を、アミュが馬鹿力で弾き返し、さらに魔法で翻弄していく。

お？　これはぼくが自由だ。

《木の相――杭打ちの術》

アミュに気を取られていたナーガへ、極太の杭が襲いかかった。

肩口や喉元に次々と突き立つ。今度はそれなりのダメージが入ったみたいだ。

なるほど。前衛の役割とはこういうものか。

アミュが常に注意を引いてくれるおかげで戦闘中でも術が使いやすい。

前世でも武者と術士が協力すれば妖怪退治もしやすかったのかな……。

「気をつけて！　なにか来るわよッ！」

見ると、ナーガが胸郭を膨らませていた。

大きく上体を突き出し、蛇の口から液体を噴出する。

アミュが転がって避け、ぼくも大きく後退して躱す。液体のかかった床を見ると、気泡をあげて溶解していた。

へぇ……強酸を吐くのか。

体勢が崩れたアミュへと剣が振り下ろされる。が、梣の杭がそれを弾いた。

注意を引いたぼくへナーガが迫るが、アミュの風魔法がそれを牽制する。

「アミュ、少し前に出たい。攻撃を引き受けてもらえるか？」

「わ、わかったわ！」

「それと、合図したら後退してくれ」

前衛のアミュを《杭打ち》で援護しながら、機をうかがう。

まだだ、まだ……。
やがてアミュの魔法でナーガが大きく仰け反った時、その胸郭が膨らんだ。
強酸を吐く前振り。
ここだ。
《金(ごん)の相――爆(は)ぜ釘(くぎ)の術》
強酸を吐きかけた蛇の口腔に、白い金属の槍が突き立った。
口から漏れた強酸が槍と上半身を溶かし、ナーガが無音の絶叫を上げて身をよじる。
「よし下がれっ！」
アミュに合図を出し、《鬼火》を撃とうとする。
が、暴れ回る尻尾に阻(はば)まれた。ダメだ、完全に警戒されてるな……。
待てよ、別に自分でやらなくてもいいか。
「アミュ！　頭に向けて火炎弾(ファイアボール)を撃つんだ！」
狙いやすい位置にいたアミュへそう呼びかける。
返事代わりに放たれたのは、火炎弾(ファイアボール)の魔法。
それは正確にナーガの頭部へと飛んでいき――、
槍を中心に、派手な爆炎が上がった。
もはや防御も何もなく、半人半蛇のモンスターは地面をめちゃくちゃにのたうち回る。

「やっと頭を下ろしたわね」

そして未だ燃え盛る蛇頭の眼窩に――アミュの杖剣が、深く突き立てられた。

人間の上半身と蛇の下半身が、激しく痙攣する。

だがやがて……ダンジョンボスのナーガは、そのすべての動きを止めた。

力の流れが急激に弱くなり、消える。

死んだみたいだな。

ふう、思ったよりあっさり終わってくれた。

「アミュ！　やったな――って、おわっ」

「セイカっ！」

駆け寄ってきたアミュがそのまま抱きついてくる。

「やったやった！　あはは、あたしダンジョンボスの討伐なんて初めて！　パーティー組んだばっかりなのに、あたしたち息ぴったりじゃない？」

ぼくの手を取って飛び跳ねるようにはしゃぐアミュ。

こう屈託なく笑っているところは――本当に、あの子によく似ていた。転生するほんの数年前には、あの子もよくこうしてぼくの屋敷で笑っていたものだった。

しかし一方でぼくは……これまでの過程で確信を持っていた。

アミュは――あの子とは、なんの関係もない。

初めて出会った時、ぼくを追って転生してきたのではないかという考えが、微かに頭をよぎりはした。だが、そんなことは技術的に不可能だ。いくらあの子でも、無数にある異世界の中からぼくの魂を見つけ出し、狙って転生してくるなどできるわけがない。

それに、力の流れも違う。記憶を持っている様子もない。そして何より……あの子の性格からして、ぼくを追いかけてくるとは思えなかった。

ただの他人のそら似だ。別に珍しくもない。あの子とぼくの姉が、結局わずかな血縁すらもなかったように。

あの世界での生は終わったのだ。

遺(のこ)してきた者に、後になってから言葉をかけられるほど、世界は都合良くできてはいない。

「はっ……！　んん、ごほんっ」

生暖かい目で見つめるぼくに気づいたのか、アミュは急に我に返ると、恥ずかしそうに手を離して咳払(せきばら)いした。

ぼくは苦笑して言う。

「しかし、君も無茶するなぁ。あんな火がついて暴れ回ってるやつにとどめ刺しに行かなくても」

「も、もたもたしてると再生したりするやつがいるのよ。ちゃんと仕留めたんだからいいでしょ」

「うん、すごいよアミュは。あんなのなかなかできることじゃない」

人の身にして鬼を斬る、自身も鬼であるかのような武者が日本にはいたが、それを思い出すような戦いぶりだった。

なんてことを考えながら赤い髪をなでてやっていると、アミュがじとっとした目を向けてくる。

「なに、この手?」

「あっ、ご、ごめん」

ぼくは慌ててアミュの頭から手を離す。

イーファにもたまにやってしまうんだけど、どうも弟子を相手にしてる気分になるんだよな。子供扱いしてるみたいで嫌がられるだろうからやめよう。

アミュがそっぽを向く。

「……別にいいけど」

「え、何?」

「なんでもない。それより……あの銀色の槍、なんなの?　火の魔法で爆発してたけど」

「あれはまあ、そういう性質の金属なんだよ」

古代ギリシアの都市、マグネシアの錬金術師が発見した金属、マグネシアの銀(マグネシウム)は、それ自体が燃えるという変わった性質を持っている。

さらには酸に容易に溶解してこれまた燃える気体を発生させるため、《爆ぜ釘》をうまく使えばあのような爆発は簡単に起こせるのだ。

ちょうど強酸を吐いてたからね。

「怪我はない？」

「……ないわ。不自然なくらい。軽い火傷はしたと思ったんだけど」

「それなら渡した呪符が身代わりになったんだろうね。まだ全然持つだろうけど」

「そんなこともできるの？　符術って便利なのね」

「あれだと大きな怪我は治せないけどね。さて、先へ進もうか」

歩き出しながら、ぼくは天井を見上げて言う。

「もしこの先に出口があるなら、ちょうど神殿のそばに出るだろうな」

「……？　なんでそんなことわかるわけ？」

「あ、いや。なんとなく……」

訝しげなアミュに、ぼくは慌てて誤魔化す。

ユキが耳元でささやくように訊ねてくる。

「セイカさま、もしかして……今いる場所がおわかりなのですか？」

「まあね。少し前から」

「ど、どのようにして……」

「術で磁石の力を使ってね」

磁石の持つ鉄を引き寄せる力――磁力は、分厚い地殻に減衰されず影響を及ぼせる数少ない力だ。

陽の気で強力な磁場を生み出せば、多少距離があっても地表にまで届く。

それを、ミツバチの姿に変えていた式神で感知したのだ。

ミツバチの腹部には磁気に反応する鉱物があり、磁界の変化を感じ取れる。もちろん式にはそんなものないけど、標本に従って動作するから機能は同じだ。

位置や高低を変えて磁場を張り、それを地上から捉えることで、大まかな現在地がわかったというわけ。

キツネやハトでも同じことができたはずだけど、地表近くで小さな変化を捉えるとなるとミツバチが一番だった。

見にくくてしょうがなかったけど。

「ではひょっとして、入れ替わりの法でいつでも脱出できたのですか？」

「うん」

「な、ならばなぜ、わざわざこんな……」

「さっき言っただろ？　せっかくだし楽しみたかったんだよ。ダンジョンなんて初めてだったから」

あとは、アミュに経験を積んでほしかったのもあった。

――いずれ最強になってもらうために。

ボス部屋の奥に延びていた通路を進むと、たどり着いたのは小さな部屋だった。

「ここは……」

「よくわからないけど、たぶんそれのための部屋なんじゃない？」

部屋の中央には、祭壇のようなものがあった。

そしてその上に、剣が突き立てられている。

埃（ほこり）を被っていてずいぶんと古そうではあるが……見事な剣だった。

柄（つか）には控えめだが装飾が施され、微かに力の流れも感じる。

美しい銀色の剣身には、錆（さび）一つ浮いてない。

材質は何だろう？　鋼でも青銅でもなさそうだけど……。

「これ……聖銀（ミスリル）かしら」

「ミスリル？　って」

確か、魔力を通す希少金属だったっけ。

「ミスリルの武器なんて一度しか見たことないけど、たぶん」

「もしかして、かなりいいやつ？」

「杖剣には最適な素材よ。珍しい分高いから、これ市場に出したら相当な値段がつくんじゃないかしら……それでも、これを引き抜いて持って帰りたいとは思わないけど」

と言って、アミュが祭壇を気味悪そうに見やる。

ミスリルの剣が祭壇に刺し止めていたのは、巨大な手だった。

五指があるが、人間のものではない。ゴツゴツとしたその皮膚は、爬虫類に近い。

「封印……よね？　これ」

「だろうね」

「手以外はどうしたのかしら」

「きっとバラバラにして、それぞれ別の土地に封じてあるんだよ」

前世でも、強大な妖をそうやって封じていた例があった。

位相に送ってしまうのとは、また別の封印だ。

「それだけやばいやつってこと？」

「たぶんね。でも……」

ぼくは剣の柄を握ると、それを無造作に引き抜いた。

「っ‼　ちょっと！」

「大丈夫だよ。この手はとっくに力を失ってる」

巨大な手は剣を抜いた拍子に割れ、崩れていた。

相当古いものだろう。力の流れなどは微かにも感じられない。

「だけど、どうしてダンジョンの奥になんて封印したんだろうな」

「……封印した時は、まだダンジョンじゃなかったんじゃないかしら。その手がまだ力を持っていた頃にナーガが呼び寄せられて、それがやがて核になって、長い時間をかけてダンジョンが広がっていった……とかね。ここ、元々はなにかの遺跡みたいだし」

「ふうん。なるほど」

ま、なんでもいいや。

「はい、アミュ」

ぼくはアミュに剣を差し出す。

「え？」

「これ、いい剣なんでしょ？　使ったら？」

「……いいの？　あんたの手柄でもあるのに」

「ぼくは剣使わないから。売ってもいいけど、珍しいものだし使えるなら使った方がいいよ」

「ほんとにいいの？　今の杖剣は酸で傷んじゃったから、すごくありがたいけど……」

アミュがそう言って柄を受け取り、剣身を立てる。

その時、からんころんと柄頭（つかがしら）から何かが落ちて床を転がった。

　ぼくはそれを拾い上げる。

「え、飾りでもとれちゃった?」

「いや……これ指輪だ」

　どうやら柄頭に引っ掛けてあったらしい。飾りの一部だと思って気づかなかった。

　埃を被ってはいるが、きれいな指輪だ。

　剣身と同じミスリルのリングに、複雑な色合いの小さな魔石が嵌まっている。

　文字も魔法陣もないのに、力の流れを感じる。これはひょっとして……。

「アミュ、こっちはぼくがもらっていい?」

「ダメと言う理由がないわね……うん、これやっぱりいい剣みたい。直しは必要だけど」

　ミスリルの剣を振っていたアミュが、満足げに言う。

「まさかこんな拾い物があるなんてね」

「ああ。ぼくらはツイてるよ」

　本当に……本当に、ぼくはツイてる。

　初めはあんなつまらない罠にはまるなんてと思ったけど、おかげでアミュの呪いのことを知れたし、おもしろい土産までできた。

　もし普通にイーファを行かせてたら最悪の事態にもなりかねなかっただろうから、ぼくの判断もよかったな。

　アミュが言う。

「欲を言えば、ダンジョンドロップも欲しかったところだけど」

「ダンジョンドロップ？」

「ダンジョンによっては、中にアイテムが落ちていることがあるの。武器とか、宝石とかね。それもモンスターと同じくダンジョンが生み出しているから、迷宮の恵み（ダンジョンドロップ）ってわけ」

「へぇ」

　そう言えば前世の迷い家でも、持ち主に富をもたらす呪物を授かることができたっけ。

「そういうの探すのは楽しそうだな」

「そうなのよ」

　アミュが笑って言う。

「冒険者ってろくでもない職業だけど、でもおもしろいの。ま、偉いお貴族様が関わる世界ではないでしょうけどね」

「はは、いや……冒険者か。悪くないな」

「え、本気で言ってる？」

「お貴族様とは言っても、妾の子で家も継げないしね。働かないと」

「学園の出で成績がいいなら、普通に官吏（かんり）にでもなったらいいでしょ。あんただったら宮廷魔術師だって目指せるんじゃない？」

「役人か……」

正直、役人生活は陰陽寮時代でうんざりしていた。忙しいし雑務ばっかりだし同僚は無能だし付き合いが鬱陶しいし……生まれ変わってまでやりたくない。

「役人はちょっと……。それに、冒険者って儲かるんでしょ?」

「成功者はね。でも危険と隣り合わせよ」

「それは気にしてない。何より自由そうなのがいいな」

力さえあれば、しがらみなく、手っ取り早く大金を稼げる。

ぼくにぴったりの職だ。どこにいたって金は大事だし。

ぼくはアミュに笑いかける。

「今回、アミュと一緒に戦えて楽しかったしね。まだ先の話だけど、考えておこうかな」

「そ、そう……?　じゃあ、考えておいて。あの、もし冒険者になったら……」

「また一緒に冒険に行こうか。今度はちゃんと準備してね。アミュとだったら、どこへだって行ける気がするよ」

「う、うん……約束ね」

少し照れたように、アミュが目を逸らした。

冒険者になれば、アミュのそばにいられる。

それが何より大きい。

基本的にパーティー単位で行動する冒険者なら、多少強かろうと目立たない。

アミュの華々しい成功の陰で、ぼくはひっそりと幸せになれるだろう。

今回のことで、だいぶ信頼を勝ち取れた。

今生は実に順調だ。

やり直しの生とは、こうも容易いものなのか。

「そ、それじゃ先を急ぐわよ。ここが人の作った地下遺跡なら、出口も近いはずだから……」

「待って」

歩き出すアミュを、ぼくは引き留めた。

「この先にも扉がある。ぼくが一応見てみるよ」

祭壇の部屋から延びる短い通路。ここからでも、その先にある青銅の扉が見えた。

アミュが訝しげに言う。

「ボスは倒したんだから、なにもないわよ」

「念のためだよ。ちょっと待ってて」

そう言って、ぼくは扉へと歩いて行く。

「セ、セイカさま……」

「わかってる」

小声でユキに答える。

祭壇の部屋に入った時から気づいていた。

この向こうにある大きな力の流れを。

ダンジョンはまだ力を失っていない。核はまだ生きている。

青銅の扉の隙間から灯りのヒトガタを飛ばし、中をそっと覗き見る。

広大な部屋。

そこに、三体のナーガがいた。

右方に、金の鱗のナーガ。

左方に、銀の鱗のナーガ。

そして中央に毒々しいまでの虹色をしたナーガが、腕を組み、とぐろを巻いて厳(おごそ)かに座していた。

先ほどのナーガとは、力の大きさが違う。明らかにやばい。

ぼくは思わず顔が引きつる。

いや、空気読んでくれよ……。

終わるとこだったろ、さっきので。なんで畳みかけてくるんだよ。今いらないんだよそういうの……！

ちらと、アミュを見る。

いくら勇者といえど、今あの三匹を相手にするのは無理だろうなぁ……仕方ない。

扉の隙間から、新たに三枚のヒトガタを飛ばす。

それらは目を閉じたまま動かない三体のナーガへ、静かに貼り付いた。

片手で印を組む。

《陰(いん)の相――――氷樹(ひょうじゅ)の術》

陰の気が瞬く間に熱量を奪い去り――――三体のナーガは、すべてただの氷像と化した。

ダンジョン全体から、灯りが落ちたように力が消え去る。

やっぱりあっちが本当の核だったみたいだな。

「な、なに？　今の」

「あー……ダンジョンが力を失ったんじゃないか？」

「え、でもボスはもう……」

「もしかしたらあのナーガ、さっきまで生きてたのかもね。ほら、蛇って生命力強いし」

適当なことを言いつつ扉のヒトガタを飛ばし、ナーガの死骸を位相へと捨てていく。

よし、証拠も隠滅できた。ぼくは扉を開け放つ。

「こっちの部屋にはやっぱり何もないみたいだ。ダンジョンが生きてれば、モンスターが湧き出したのかもしれないけどね」

「うーん……そう？　なんかへんなの……」

釈然としない様子のアミュへ、ぼくは誤魔化すように部屋の奥を指さしてみせる。

「この奥にも通路があるみたいだよ。出口かもしれない」

実はすでに飛ばしていた式神で、その先が上へと続く階段になっていることはわかっていた。

出口である落とし戸には、土が被さっていて簡単には開かなそうだが……いくらでもやりようはある。

地上の神殿遺跡には、学園の先生たちの姿があった。

探しに来たんだろう。だいぶ焦っている様子がうかがえる。ぼくは一応、貴族の子息だしね。

その中の一人を、ふとミツバチの視界でとらえて――――思わず、内心でほくそ笑んだ。

なるほどなるほど。

やっぱり、ぼくはツイてるな。

それから、ぼくとアミュは無事、ダンジョンを脱出できた。

出口の落とし戸を《灰華》で上の土ごと吹き飛ばし、先生たちを驚かせはしたが、誰も怪我させなかったから問題はない。

学園に連れ帰られてから、先生たちに何があったのかを事細かに訊かれ、ぼくらはありのままを話した。

森にあった魔法陣でダンジョンに転移してしまったが、ボスを倒してなんとか脱出できた、と。

ただぼくの術とアミュの呪いについては、アミュとも口裏を合わせて伏せた。話すと不都合があったから。

先生たちは、神殿の地下にダンジョンがあったことなんて知らなかったようだ。たぶんこの街で知っている人なんていなかったんだろう。普通あんなモンスターが城壁内にいるとわかってたら、怖くてこんなところ住めない。

森の魔法陣はすでになくなっていた。

どうやら一回発動したら消える仕掛けが施されていたらしい。周到なことだ。

おかげで、犯人もわからずじまい。

こんなことがあって、また閉鎖だなんだという騒ぎになるかと思ったが……今回は三日休講になっただけで終わった。

誰の仕業かもわからない中で、よく続けるよと思う。まあデーモンに襲撃されても閉鎖しなかったんだし、今さらだろう。

あれから今日で七日。

ぼくとアミュにも、ようやく日常が戻ってきていた。

「失礼しまーす」

研究棟地下への階段を降りながら、ぼくはそう声をかける。

「お預かりしていた物、返しにきました。コーデル先生」

広大な地下室。

その床一面に描かれた青白い魔法陣の上で――――コーデルは丸眼鏡をくいと上げる。

「ランプローグ君かい？　すまない、君に何か貸していたかな？　それよりも……どうやってここに？　鍵を掛けていたはずだけど」

「すみません、鍵は融かしちゃいました。侵入者を知らせる魔道具も、今は結界の中です。預かり物についてはまた後で。今日は先生に訊きたいことがありまして」

「……授業でわからないことでもあったかな」

コーデルの冗談に少し笑って、ぼくは地下室をつかつかと歩く。

「儀式は順調ですか？　先生」

「……」

「アミュはまだ元気ですよ」

「……どこまで気づいている？」

「さあ。でも、おかしいと思ってたんですよね。いくら転移の魔法に長けた悪魔族とはいえ、帝国の都市に単独で侵入し、あれだけの魔法陣を用意できるものかと。そしたら先日のダンジョン事件ですよ。襲撃者の置き土産だった可能性もありますが……普通に考えたら内通者がいますよね」

コーデルは溜息をつく。

「ひょっとして、その襲撃者は君が倒してしまったのかな？　やれやれ。誰だったのか知らないが、だから半端なやつは送るなと言っておいたのに」

「本人はすごく偉そうでしたけどね」

「それにしても……どうして僕だと？　証拠は残さなかったはずだけど」

「えーと……勘です」

「はぐらかされてしまったかな」

「話すと長くなるんで。じゃ、先生……そろそろいいですよ、真の姿を現してもらっても」

コーデルはくつくつと笑う。

「今のは冗談かい？　残念ながら僕は人間だ。これが真の姿だよ」

「魔族が人間の間者を使うんですね」

「いくらか魔族の血は入っているがね。それくらいするさ。帝国が魔族の間者を使っているようにに」

やっぱり人間側もその程度のことはしてるか。

「あのダンジョンのことも、魔族には伝わっていたんですか？」

「いや、あれは僕が見つけたのさ。古い文献をあたってね。人間の通れる出入り口はなかったから、脱出は不可能なはずだったんだけど」

「へぇ、危ない危ない……『呪い』と併せて、確実に勇者を葬るつもりだったんですね」

「……お見通しというわけか」

「ご自分で編み出した術ですか？　だとしたら、きっと先生は天才なんでしょうね」

「これの価値をわかってもらえて嬉しいよ」

丸眼鏡の奥で、コーデルは目を細める。

「光属性の儀式術を取り入れた、今までにない画期的な『呪い』だ。はるか遠くから、病に偽装し、対象を確実に殺せる」

「……」

「今までの実験では、どんな腕のある魔術師も屈強な戦士も、為す術なく死んでいったよ。苦しみながらね。今はまだ耐えているが、あの勇者もいずれ同じ末路を辿るだろう。ダンジョンなんて実はどうでもよかったんだ」

「……」

「ただ、一つ欠点があってね。時間がかかるのさ。そして途中で邪魔されると、せっかくの術が解かれてしまう。だから――君には死んでもらうよ」

コーデルが杖を振ると――空中に、無数の魔法陣が出現した。

その光の中で、異世界の呪術師が丸眼鏡を押し上げる。

「ここは僕の工房だ。当然このくらいの備えはしてあるよ。君が誰かに話していてもいいように、この場所は厳に封印して逃げるとしようかな。悪いが、地獄で見ていてくれ――僕が、勇者殺しの栄誉と共に凱旋するのをね」

「あ、その前にちょっといいですか」

ぼくは手を上げて、コーデルの語りを遮った。

緊張感のないその様子に、コーデルが眉をひそめて押し黙る。

「先ほど欠点が一つと言っていましたが、実はもう二つあるんですよ」

「何……？」

「気づいてました？　『呪い』は今、アミュにかかってませんよ」

「は、何を言って……」

「今呪われているのは、こいつです」

不可視化の術を解く。

ぼくの前に現れたのは、半分溶けた真っ黒のヒトガタだった。

それを見たコーデルの表情がこわばる。

「呪いって、標的を定めるのが難しいんですよ。普通は対象の名前や、髪の毛や爪を使って縛るんですが……先生はおもしろい条件を設定しましたね。デーモンの血を浴びた者、ですか」

床の魔法陣、その中央には、黒い液体が満たされた壺が置かれていた。

おそらく、あれはデーモンの血液なのだろう。

「確かに、アミュは襲撃の時にデーモンを倒してましたからね。もしかして、席次の高いぼくとイーファも狙われてたのかな？　だとしたら危なかった。でもそのおかげで、このヒトガタに呪いを移せたわけですが」

黒いヒトガタは、コーデルに壺をひっくり返された時に位置を入れ替え、あの生臭い液体を浴びたものだった。

デーモンの血を。

アミュの呪いを移そうとした際に真っ先に試したのだが、あっさりうまくいって逆に驚いた。まあ最初からコーデルを疑っていたからなんだけど。

「どんな条件で狙いを定めていても、ばれてしまえばこの通りです。全然気づかなかったでしょう？　呪いは標的がどうなっているか、術をかけている側からわからないですからね。前世では恨んだ男が死んだ後も呪い続け、やがて鬼と化してしまった女の話なんて珍しくありませんでした。それに、狙いもすぐ外れる。犬神や蠱毒など、その外れやすさを逆に利用した術もあるくらいです」

「前世……？　なんだ、君は何を言っている？　なぜ僕の術のことを……」

「さて、もう一つの欠点ですが、その前に」

《召命――――デーモン》

ガレオス戦で捕まえたデーモンを、位相から引き出す。

ぼくの頭上に浮遊する赤い紋様のデーモンは、身動き一つしない。死んでいるようだった。

やっぱり妖と違って、肉体依存度の高いモンスターは位相には耐えられないか。

まあ今は支障ないけど。

コーデルは、丸眼鏡の奥で目を見開いている。

「なっ、アークデーモン⁉」

「これをこうします」

式神を使い、デーモンの死骸を力ずくで引き裂く。

大量の血と臓物の破片が、ぼくに降り注ぐ。

「何を……⁉」

「さらにこうします」

真言を唱えたのち、黒いヒトガタを火の気で燃やす。

「はい。これで呪いはぼくに移りました」

力が流れ込んでくるのを感じる。

む、けっこう強いなこれ。

かわいそうに、アミュはこれを耐えていたのか。

コーデルはというと、唖然とした表情を浮かべている。

そりゃそうか。このままじゃぼく、ただの頭おかしいやつだし。

「バカな……気でも違ったか？　僕の呪いをその身で受けて、ただで済むわけが……！」

聞いたぼくは、口の端を吊り上げる。

それはお互い様なんだよなぁ。

ぼくは声を張る。

「拝すも畏き伊邪那美大神――」

呪力を込めた言葉。

「――殯斂の宮、黄泉の国に蛆たかられし時、侍り坐せる八柱の雷神、黄泉醜女等。諸諸の呪い、祟り、怨み有らむをば――」

それは世界の理を曲げ、向けられた呪詛を改変していく。

「――食らひ給ひ還し給へと白す事を、聞こし召せと恐み恐み、恐みも白す……人を呪わば穴二つ、ですよ。先生」

突然、コーデルは血を吐いた。

尋常な量ではない。心臓を絞ったかのようなおびただしい量の血が、コーデルの口から流れ落ち、床の魔法陣を汚していく。

異世界の呪術師が苦しみにあえぐ。

「なん……ごれ、は……」

「呪いの一番の欠点。それは容易に返されることです。いわゆる呪詛返しですね」

床に倒れ込むコーデルへ、ぼくは部屋を歩き回りながら説明していく。

「呪いは返されると、元の何倍もの威力となって術者へ襲いかかります。いいですか、先生。呪いとは、決して遠くから安全に行使できる術じゃないんです。相手に心得があったり、術士を雇われたりすると一転して窮地に陥る危険な術なんですよ」

目や鼻からも血を流し、やがて息が弱まっていく呪術師へ向け、ぼくはなおも語る。

「先生が実験でうまくいってたのは、単にこの世界で広まってなかったからというだけ。対策が生み出されれば一気に陳腐化する、これはその程度の術なんです。残念ながらね……先生。聞いてますか？　先生」

コーデルに、もはや動きはなかった。

異世界の天才呪術師は、どす黒い血の海の中で息絶えていた。

ぼくは、その死体を見下ろして言う。

「まあ、呪詛の方法論を一から作り上げたのはすごいと思いますよ。でも――――」

溜息をつき、小さく呟く。

「――――呪いは、陰陽師の専門なんでね」

◆　◆　◆

それにしても、だ。

「本当に気持ちよく返せるなー、この呪文」

師匠がよく使っていた、神道由来の呪い返し用逆祝詞。ちょっと長いのが玉に瑕だが、異世界呪術にもばっちり対応だ。すごい。

「祝詞とは、セイカさまにしては珍しいですね」

上着の内ポケットから顔を出したユキが言う。

「そうだな。自分への呪詛返しはあれが一番使いやすいんだけど、呪いを受けることなんて久しぶりだったから」

陰陽道は神道、仏教、道教が日本で融合した呪術体系で、使える術も幅広い。

実際、真言は梵語、符に書くのは漢語、祝詞は日本語というとりとめのなさだ。当然、術士の好みで全然使わない系統が出てくることもある。

浄化とか霊を祓う系は強いんだけどなー、神道。呪文が長いからダルいんだ。

「ところで、ユキにはわからないことがあるのですが」

「なんだい?」

「セイカさまは、迷宮から帰ってからずっとあの人間を疑っていたようですが……どうしてわかったのです?」

「ああ。脱出前に地上の様子を観察してた時、あの人の上着に花粉がついてるのが見えたんだ。

それが転移の魔法陣の近くに生えてた花と同じだったからね」

「花粉、でございますか？　よくそんなものおわかりになりましたね」

「花粉は紫外線を反射するからね。ミツバチの視界ならそれがよく見えるんだよ」

「紫外線……とは？」

「虹の一番下は紫色だろ？　でも実はそのさらに下側に、人には見えない色があるんだ」

「ほほう」

「それが紫外線。まあ古代ギリシアの言葉を直訳しただけだけどね。鳥や虫には見えるものが多いんだよ」

「ほへ〜」

ユキが気の抜けた相づちを打つ。わかっているのかは微妙だ。

ま、何はともあれ。

これで懸念事項だった魔族への内通者も始末できた。やっと普通の学園生活を始められるよ。

目下の問題は、あと一つだけ。

モンスターの血にまみれた服を見下ろして、ぼくはげんなりと呟く。

「……着替え、どうしようかな」

爆ぜ釘の術

マグネシウムの槍を放つ術。マグネシウムはそれ自体が燃えるほか、酸どころか温水にすら簡単に溶けて水素を発生させる。実際に発見されたのは近代だが、作中世界においては古代ギリシアの錬金術師が滑石と呼ばれる鉱物から分離していた。

磁流雲の術（術名未登場）

陽の気でヒトガタの周りに強力な磁場を発生させる術。本来はレンツの法則を利用した矢避けの術だが、今回セイカは地上から位置を特定するためのビーコン代わりに使った。

氷樹の術

陰の気で対象の熱を奪って凍らせる術。

其の五

あれから五日。

生徒たちには、コーデル先生は退職したと伝えられていた。

あの地下室と死体は絶対に誰かが見つけてるはずだが……この学園も闇が深いな。

あの血みどろの光景を、学園側がどのように受け取ったかはわからない。

魔術に失敗して死んだ内通者、と事実通り受け取ってくれてると助かるが、さすがに無理だろうな。

まあいいか。

当面の危機は去ったんだ。学園が続いてくれれば、それで十分。

「あ、イーファ！」

寮からの通りを歩くくすんだ金髪を見つけ、ぼくは声を上げた。

イーファはぼくに気づくと、こちらへ駆け寄ってくる。

「おはよう、セイカくん」

そう言って、イーファはその橙色の瞳を細める。

ぼくがダンジョンで遭難してたのは十刻（※五時間）ほどで、その間イーファは何も知らなかったらしいが、帰ってきてから話したらめちゃくちゃ心配された。

アミュのことも気にかけていたようだし、本当にいい子だなぁと思った次第。

「そうだ。イーファ、ちょっと手を貸して」

「え、うん」

イーファの右手をとると、ぼくは少し迷って、その人差し指に指輪をはめる。

「わっ、な、なに？　この指輪……」

「ダンジョンで拾ったんだ。磨くのに時間かかったけど。どう？」

「え、きれい……って、わわっ」

イーファが宙空を見据え、驚いたように言う。

「な、なんか……精霊がすっごい反応してるんだけど」

「あー、やっぱりね」

ドルイドの杖と似た印象だったからもしかしてと思ったけど、案の定精霊関連のアイテムだったか。

「ぼくにはよくわからないんだけど、それ使えそう？」

「う、うん」

イーファが軽く指を振ると、周囲につむじ風が回った。

「こ、これすごいよ、セイカくん！　みんな簡単にお願い聞いてくれる！　わ、わたしなんかがこんなの持っててていいのかな……」

「いいんだよ。ぼくが拾ったんだし、イーファしか使えないんだからね。サイズは大丈夫？　なんなら今度、街に直しに行こうか？」

「ううん、ぴったりだよ。ありがとう、セイカくん。これ大事にするね」

イーファが、左手で指輪に触れながらそう言った。

使ってくれるなら贈った甲斐もある。仲間の力が上がるのは、ぼくとしても願ったり叶ったりだ。

と、その時。

通りから歩いてくる、見知った赤い髪を見つけた。

アミュだ。

呪(のろ)いを解いてやって以来どうもタイミングが合わず、こうして会うのは久しぶりな気がする。

この間までは露骨に嫌な顔をされてたけど、仲良くなった今なら大丈夫。

ぼくは片手を上げ、笑顔で声をかける。

「やあ、おはよう、アミュ」

「……気安く話しかけないでって言ったでしょ」

アミュは、微かに眉をひそめてそう言った。

な……なんでだよ！

いやおかしいおかしい、これじゃ半月前と同じだよ。仲良くなったよね？　一緒に冒険行こうとまで約束したのに……どういうこと？

笑顔のまま固まるぼくの隣で、イーファが弾んだ声を上げる。

「あ、アミュちゃん、おはよう！」

声をかけられたアミュは小さく、しかし確かに微笑んで言う。

「おはよう、イーファ。いい天気ね」

「はあ!?」

困惑するぼくを余所に、二人は楽しげにおしゃべりを始める。

「昨日は勉強教えてくれてありがとう」

「ううん。大丈夫だよ」

「お礼になにかごちそうするわ。カレン先生の言ってた氷菓子でも食べに行かない？」

「ほんと!?」

「あ、あの。二人、仲いいんだね……」

おずおずと言うぼくに、アミュが鬱陶しそうな視線を向けて言う。

「女子寮で話すようになっただけだけど。悪い？」

「いや悪くないけど……」

ぼくとも話すようになりませんでしたっけ？

イーファはというと、少し申し訳なさそうにしている。

「えと、あの、し、試験前になったら、セイカくんも一緒に勉強しようね！」

「うん……」

「そうしてもらえると助かるわ」

アミュが、イーファと並んで歩いていく。

何か怒らせるようなことしたかなぁ……。

「なにしてるの、セイカ」

アミュが、ぼくを振り返って言う。

「授業出るんでしょ？　早く来ないと遅れるわよ」

「あ、ああ」

慌てて二人の後を追う。

「……きっと照れているだけですよ、セイカさま。ユキにはわかります」

ユキが、耳元でささやくように言った。

……そうだといいんだけど。

追章

魔族領にある深い森。

ウルドワイト帝国との国境にほど近いその場所に、忽然と姿を現す砦があった。

その最奥。

城主の居室にて、豪奢な椅子に座したボル・ボフィス断爵が、杯に入った葡萄酒を揺らしながら物憂げに溜息をつく。

「……ガレオスは消された、と見てよかろうな」

そう呟き、黒山羊のごとき毛並みに覆われた頬を撫でる。

自分の下を出立し、すでに二月。未だ帰らないということは、そういうことだろう。

あの若造は、『黒』の一族の中では最も将来を嘱望された戦士だった。

力も魔の才も頭抜けていた。老いていたとは言え〝英傑〟ゴル・ゴドルガに土を付け、魔族殺しの剣王エイダノフに打ち勝った。

勇者が本物であろうとなかろうと、今回の任務を無事終えられていたならば王より爵位を賜れただろう。自分のように王の下で出世するか、『黒』の長として一族を率いてくれることを期待していただけに……この結末は残念でならない。

「魔法学園に忍ばせていた犬からの連絡は」

「未だございませぬ。閣下」

そばに控えていた、『灰』の毛並みを持つ部下が慇懃に答える。

こちらも死んだと見るのが妥当だろう。

あの人混じりは、有能ではあるが信用のならない男だった。だが裏切るには時機が妙であるし、そもそもガレオスは生半可な罠で打ち倒せる相手ではない。

かといって、大規模な罠で迎え撃たれた気配もなかった。ロドネアに行き来させている他の犬から上がってくる報告の中に、変わった点はない。しいて言うなら、ロドネアの森の地下に広がるダンジョンを学園生徒が見つけたということと、ある夜ドラゴンが飛んでいたという真偽不明の噂くらいのものだ。

「勇者か……面倒な」

あのガレオスが打倒されたならば、学園にいるのは本物と見ておくべきだろうか。しかし犬からの報告には、どんな意図があったのかその名が記されていなかった。加えて今は手駒もなく、動きが取りづらい。そもそも、本当に勇者の仕業だろうか？　暗殺者のような手口は、伝えられる勇者像にややそぐわない――――。

思考を巡らせるボル・ボフィスだが、次第に馬鹿馬鹿しさが湧き上がってきた。

なぜ自分が、このような辺境に押し込められ、手勢を消耗させなければならないのか。

勇者など捨て置けばいい。

すでに叙事詩に語られる時代は終わったのだ。

魔族も人間も、人口が増え、豊かになり、軍で用いる戦術も洗練された。

英雄など、もはや不要。時代遅れの存在だ。

勇者殺しを求め、魔王の再誕を切望する『金』の大荒爵エル・エーデントラーダは、それを理解しているのだろうか。

貴族連中や王、他の魔族たちは、果たして理解しているのだろうか──────。

重い溜息をつき、ボル・ボフィスは決断した。

「……犬の数を増やせ。ロドネアと帝都ウルドネスクを中心にだ。しばし静観する」

帝立ロドネア魔法学園本棟、最上階の一室。

ピンと背筋の伸びた糸杉のような老夫──────副学園長が、折りたたまれた一枚の紙を部屋の主へと手渡した。

「学園長。こちらを」

それを受け取ったのは──────童女と見紛うほどの小柄な老婆だった。

「……ふん。刺客は帰らず、犬からの連絡は途絶える、か……やはり、コーデルの坊やが間者だったようだね」

老婆の手にあった報告書が一瞬で燃え上がり、煤となって消える。

杖も詠唱も術名発声もなく、しかし完璧に威力の調整された、それは練達な火属性魔法だった。

老夫が訊ねる。

「いかがいたしましょう」

「どちらをだい？」

「どちらともです」

「ふん」

学園長が鼻を鳴らして答える。

「親切な掃除人は放っておいていいさ。だが悪魔族の方は問題だねぇ。ただ幸い、向こうさんは今あの子を特定できていないようだ。いずれ宮廷から指示が来るだろうが、アタシらも今から考えておいた方が良さそうだねぇ」

「奴らから学園と勇者を守る方法を、ですか」

「何言ってんだい。もっと消極的で構わないよ」

老婆が口元を歪める。

「連中の目を学園から逸らさせる程度でね」

副学園長の姿は、いつの間にか消えていた。
西日が陰っていく。
もうじき、夜が来る。

番外編『雪白の管狐』

ユキが初めて耳にしたそのお声は、竹筒の中にくぐもって聞こえました。

「ハルヨシ！　おるかハルヨシーっ！　わらわが来てやったぞ！　ええい式はよい！　姿を見せぬか！」

ガタガタと棲家の竹筒が揺れて、ユキは何事かと目を覚ましました。

竹筒の外で響いているのは、ユキの前のご主人さまの声です。心なしか、少し弾んでいるようにも思えます。

この人はこんな声も出せたのか、とその時のユキは意外に感じました。

管狐を使って呪術を行使する飯綱使いの大家に生まれ、年若い女の身でありながら不世出の魔才だと呼び称えられていた××××さまは、いつも底知れない話し方をして、周囲の者を畏怖させておりましたから。

少し経って、ユキは周囲に流れる力の様子が異なることに気づきました。

どうやらここが、信濃からの旅の終着点のようです。

「聞こえている、××××」

その時、静かな足音と共に、人間の男の声が聞こえました。

「今ちょうど、弟子に炊事を教えていたところだったんだ……少しくらい待ってくれてもいいだろう」

その声音は、少し迷惑そう。

でも、××××さまに対する親しげな響きがありました。

「んふ。すまぬな、ハルヨシ。食事時に訪れてしまったかの」

××××さまの、家の者が聞いたらちょっとびっくりしそうなほど機嫌の良い声に、その人間は答えます。

「まあいい、上がれ。ついでに朝餉も食べていくといい。それにしても、急にどうしたんだ？　いつもなら使いの管に文を持たせているだろうに……」

この時のユキは、まだ思いも寄りませんでした。

この人間こそが、稀代の大陰陽師にして、日本史上最強の呪術師と謳われていた玖峨晴嘉さまであり――――ユキが、長きにわたりお仕えすることになるお方だとは。

「んふ。今日はお主を驚かせようと思っての！」

　食事が終わると、前のご主人さまはもったいぶってそう切り出しました。

「実は先日、ほんに珍しい管が生まれたのでな。わらわが手ずから持ってきてやったのじゃ！」

「珍しい管狐？　へぇ、どんなものなんだ？」

「これじゃ。ほれ」

　前のご主人さまの言葉と共に、ユキのいる竹筒の蓋が開けられました。上から光が差し込んできます。

　ここはどこで、ご主人さまは先ほどから誰と話しているのか。いい加減気になっていたユキは、光の方へと顔を出します。

「ほう」

　その人間と、目が合いました。

　すっきりとしたお顔です。男であるはずですが、長いまつげや通った鼻筋などにはどこか手弱女（たおやめ）めいたところもあります。

　色白の肌と切れ長の目のせいで少し冷たい印象でしたが、瞳には優しげな色がありました。

　なにやら、興味深げにユキを眺めています。

「白の管狐か……だが、赤目白毛の管とは違うようだな」

「んふ、さすがに目敏（めざと）いの。その通り、瞳が黒い。毛並みも透明感がなく、白粉（おしろい）を塗ったよう

な白であろ？」

ユキは白い管狐でした。

それ自体は、特に珍しいものではありません。家の者が使う管も、半数は赤目白毛の血統です。

しかしユキは、彼らとは少し違うようでした。

「ふむ……」

その人間が考え込みます。

「獣や魚で、まれにこのような個体が生まれると聞くな。赤目白毛のような色無しではなく、白の色が出るという個体だ。色無しは病の一種とも言われるが、これはそうじゃない。一説によれば、この大地は太古の昔、雪と氷に閉ざされていて……そんな白の世界に生きるために体の色を白く変えた祖先の血が、今も獣たちの中に残っているそうだ。つまり白の個体は、その先祖返りだな」

その人間は、なにやらぶつぶつと呟いています。

「ただ、それは……本来、妖とは無関係のはずなんだけどな。管狐は妖の中でも比較的獣に近いとはいえ、このような個体が生まれるか……いや、現に赤目白毛の管もいることだし、そう不思議な話でもないが……」

「お主は、何かあるたびにそのように小難しいことを考えておるのか？」

その人間の奇行を眺めながら、前のご主人さまが呆れたように言います。

「ややこしい蘊蓄(うんちく)はよい。それより……どうじゃ？　お主が使役するにはふさわしかろ！」

前のご主人さまが、普段の様子からは考えられない、まるで普通の娘のような笑みと共に言いました。

その人間は、ぽかんとしています。

「え、くれるのか？」

「そのために持ってきたのだからの！　前に言っておったであろ、管に興味があると。これは血統もよいぞ？　わらわの使う最も優秀な管の仔じゃ。さらにはこの姿。きっとものすごい力を持っているに違いない。こんな管はそうそう生まれぬだろうの！　どうじゃ、ハルヨシ？」

その人間は、一瞬ユキに目を向けた後、前のご主人さまに訊ねます。

「いいのか？　こんな貴重なものを。頭領はなんて……」

「むっ、父などどうでもよい！　わらわの管が産んだ仔じゃ、どう使うかはわらわが決める！　それにその、お主には恩もあるからの……」

急にもじもじしだした前のご主人さまを余所に、その人間はユキを見つめながら何やら考え込み始めました。

その様子を見て、前のご主人さまはうろたえ始めます。

「な、なんじゃ。もしや、その管では不満か……？　し、しかし、それ以上となるとなかなか

「……」

「いや、そうじゃない」

その人間は、前のご主人さまへと笑いかけます。

「ぼくに面倒を見きれるかと考えていたんだ……。たしか、普段は位相には入れない方がいいんだったな。番いにしてやるのは難しそうだが、問題ないだろうか？」

「う、うむ。嗜む程度なら、その方がよい。お主がとり殺されるとは思わぬが、殖えた仔の世話が大変だからの」

「そうか、それならありがたくいただくよ」

ぱあっと表情を明るくした前のご主人さまから、その人間はユキの竹筒を受け取ります。

とても優しい手つきでした。

「そうだ、名前はなんと言うんだ？」

「名？　管に名など付けぬ。呼ぶ時は、壱、弐、参……じゃな。死んだら入れ替える」

「味気ないな」

「ならば、お主が付けてやるとよい。番いにせぬ管は永く生きるからの。それもよいじゃろう」

「そうか。それなら……ユキにしようか」

聞いた前のご主人さまは、少しむっとしたように言います。

「なんじゃ、そうあっさりと。たしかに雌じゃが……どこから出てきたその名は。む、昔の女の名かっ？」

「違うわ。言っただろう……雪と氷に閉ざされた、白の世界に生きる姿だと」

その人間が、こちらに視線を落として微笑みます。

「よろしくな、ユキ」

こうしてユキはユキとなり、ハルヨシさまにお仕えすることになったのでした。

管狐は、人にまつろう妖（あやかし）です。

力の無い術士に仕えれば、瞬く間に殖えてとり殺してしまうこともあるようですが……基本的には人の元で共に暮らし、人の命に従うことが管狐の生でした。

ですからユキも、ハルヨシさまのお役に立つべくがんばりました！

「ユキ、明日は晴れるだろうか」

ある時、ハルヨシさまはユキにそうお訊ねになりました。

ユキは、明日は晴れるといいなぁー、と思っていたので、

「はい！」

と答えました。

次の日は快晴となり、ハルヨシさまには大いにお褒めいただきました。

ユキの予知はしばらくの間的中していましたが……梅雨の時期になると、とんと当たらなくなってしまいました。

「ユキ、この洞穴に棲まう物の怪がわかるか？」

またある時、ハルヨシさまはユキにそうお訊ねになりました。

「村の者によると、最近この辺りに妖が出るそうなんだ。正体は定かでないが、どうだろう？」

その洞穴からは、たしかになにやら力の気配がありました。ユキは身構えながら、

「つわものの気配がございます！」

と答えました。

ハルヨシさまは、一瞬不思議そうな顔をした後、

「そうか。ぼくにはそう感じないが……念のため気をつけておくか」

と表情を引き締め、呪符を用意されながらそうおっしゃいました。

ユキとハルヨシさまが洞穴に足を踏み入れると……その物の怪は、すぐに姿を現しました。

ユキはびっくりしてハルヨシさまの体を駆け上ります。

「ひえっ！　ハ、ハルヨシさま、出ました！　さあどうぞお退治を！」

「……」

ハルヨシさまは、足元をぐるぐる走り回る、ずんぐりむっくりした子犬のような物の怪をしばらく見下ろしておりましたが……やがて頭の上のユキの首根っこを掴むと、地面へと下ろされました。

「ひえ〜！」

ユキは、その物の怪にもみくちゃにされます。

「ただの脛擦だ」

後に知ったところによると、どうやら人の足元にまとわりつくだけの、大して害のない物の怪のようでした。

「ユキ、あの盗人に取り憑き、財貨の隠し場所を吐かせてみせなさい」

またある時、ハルヨシさまはユキにそうおっしゃいました。

早朝の道端。縄を打たれた盗人が、不遜な表情で地面にひざまずかされています。

「けっ！　だから言ってんだろ！　今まで盗んだモンなんてとっくに売っぱらって、金も使っちまったってよォー！」

捕り物があったのか、周囲には野次馬も集まっていました。

ユキはハルヨシさまに訊ねます。

「取り憑くとは、どのようにすればよいのでしょう？」

「えっ」

まさかそんなことを訊かれるとは思わなかったのか、ハルヨシさまは驚いたような声を出します。

「それは……たしかあいつの管は、耳から人の中に入っていたな」

「なるほど」

ユキも管ですので、自在に細くなることができます。人の耳の穴に入る程度は造作もないことです。

このような薄汚い人間の耳になど入りたくありませんでしたが、ハルヨシさまの命とあれば仕方ありません。

「では試してみます！」

ユキはしゅるりと細くなると、盗人の耳の中に入り込みました。

「ぐおっ⁉」

盗人が呻き声を上げましたが、ユキは無視して先に進みます。

ほどなく、なにやら膜のようなものに当たりました。薄そうだったので、爪で裂いて先へ進みます。

「ぐぎゃああああああ‼」

盗人が悲鳴を上げました。とてもやかましいです。

小さな骨の下をくぐると、斜め下へ続くさらに細い穴がありました。ユキはもっと細くなって、先へ進みます。

「ごっ……おごっ……！」

盗人は、人間が上げるとは思えないような呻き声を上げています。

やがて、少し広い場所に出ました。光が差しています。

もしやと思い光の方へ進むと、どうやらそこは大きく開けた口のようでした。

「ハルヨシさま～、出てきてしまいました」

口から出て周囲を見回すと、ハルヨシさまも含め、辺りの人間たちはドン引きしているようでした。盗人は白目を剥いています。

「な、なんで耳から入って口から……まさか耳管を通り抜けたのか……？」

ハルヨシさまが表情を引きつらせながら言います。

「あのなぁ……物理的に入ってどうするんだよ。そうじゃなくて、霊的に取り憑くんだ」

「えー？　そうおっしゃられても、わかりません……。ちょっとやってもらえませんか？」

ハルヨシさまは、肩を落として答えます。

「ぼくは人間だから、さすがにそれは無理だ……」

「そうでございますかぁ」

このままではハルヨシさまのご期待に添えないようです。それも困るので、ユキは少し考えて言います。

「わかりました……では、反対側の耳からもう一度試してみることにします！」

「は……話す！　話すからもう勘弁してくれぇーっ！」

有り体に言って、ユキはぜんぜんダメでした。なにをやってもうまくいきません……。

聞くところによると、どうやら優秀な管狐というものは、地揺れや災いを予知し、物の怪を見破り、人に憑依して意のままに操ることができるらしいです。ユキにはとても無理そうでした。

ユキは優秀な血統で、しかもなにやら特別な管狐ではなかったのでしょうか？

なんだか情けなく、ハルヨシさまにも前のご主人さまにも、申し訳なくなってきてしまいます。

そもそもハルヨシさまは、自らの呪い（まじない）で管以上のことを簡単にやってのけます。ユキなんて、最初からいらなかったのではないかと思えるほどです。

どうしようもない気持ちになると、ユキはハルヨシさまの御髪（おぐし）の中に潜り込んでふて腐れていました。そうすると、ハルヨシさまは烏帽子（えぼし）を取り、髪の中のユキを撫でてくださるのです。

それで少しだけ、気分がよくなるのでした。

◆　◆　◆

ある時、ハルヨシさまはユキに人の姿をお与えになりました。

「これから仕事をするうえで、その姿の方が都合がいいだろう」

「おおー！」

ユキは思わず、腕を広げてくるりと回りました。白い着物の袖や裾、少し遅れて白い髪がなびきます。

これほど大きな体に、高い視点は不思議な感覚でした。

「人は、世界をこんな風に感じていたのでございますね……」

驚きです。ハルヨシさまは、このようなことまでできてしまうだなんて。

着物の襟をいじりながら、ユキは訊ねます。

「この衣服は、脱げるのでしょうか？」

「いや、その辺あまりいじるな。そこまで細かく設定してないから、脱ごうとすると元の姿に戻るぞ」

「はぁい」

ユキは屋敷の縁から裸足で庭に下りると、鮒の泳ぐ池を覗き込みました。

ほっそりとした、年若い女の顔が、水面に映っていました。

大きな瞳に、高い鼻。ユキの知る、どの人間にも似ていません。

ユキはハルヨシさまを振り向いて訊ねます。

「この人間は、誰なのでございますか？」

ハルヨシさまは、はっとして目を見開きました。そして、ややためらった後に口を開きかけます。

しかし、ちょうどその時立ち上がったユキは、慣れない体のせいで急にふらついてしまいました。

「それは……」

「あわわわわっ！」

どっぱーんっ、という音と共に、ユキは池に落ちてしまいました。

「うわっ……！　おい大丈夫か？」

元の姿で池から這い上がったユキは、ぶるぶると体を振って水滴を飛ばします。なにを訊こうとしていたのか、その時にはもう忘れてしまっていました。

ハルヨシさまは苦笑いを浮かべます。

「新しい仕事をやるのは、その体に慣れてからの方がよさそうだな」

ハルヨシさまの予想通り、ユキはそれからしばらくの間、あちらの柱に肩をぶつけ、こちらの襖障子（ふすましょうじ）に腕をぶつけ、体のそこかしこを痛めていました。

ようやく人の姿に慣れた頃に与えられた仕事も、お掃除やお茶くみやお客の出迎えなど、簡単なことばかり。

でも、

「……ふふふ！」

これでようやくお役に立てると思い、それからしばらくユキはご機嫌だったのでした。

◆　◆　◆

ハルヨシさまは、よく弟子として屋敷に童を迎えていました。

「ユキ。今日からここで面倒を見ることになった××だ」

拾ってくるのは、親に捨てられたり、親と死に別れたりした孤児や、あるいは家で肩身の狭い思いをしている貴族の子など、とにかくかわいそうな子供ばかりでした。

その日連れてきた童も、ハルヨシさまの袴をぎゅっと掴み、周囲に怯えた目を向けているので、そういった子供のようです。

「おや！」

ユキは箒を柱に立てかけると、にっこり笑って童の前にしゃがみ込みます。

「新しい弟子でございますね？　はじめまして！　ハルヨシさまにお仕えする、管狐のユキと申します！」

「ひっ、うえええええぇん！」

泣かれました。

まあ、毎度のことです。ユキは仕方なく、元の姿に戻ります。

「うえええ……え……？」

元の姿を見た童は、泣き止んで目を丸くしました。

首を伸ばして指の辺りを嗅いでみると、少し驚いて手を引っ込めたものの、目はまだ興味深げにユキを見ています。

「狐……さん？」

「そう、狐だ。撫でてみなさい。ゆっくりな」

ハルヨシさまにそう言われて、童は恐る恐る、ユキのふさふさの尻尾を撫で始めました。

いきなり尻尾はやめてほしいのですが、ユキはえらいので我慢します。

◆◆◆

ある時、ユキはハルヨシさまに訊ねてみることにしました。

「ハルヨシさま。どうもこの姿のユキは、人の子に怖がられているような気がするのですが」

ハルヨシさまは、若干気まずげな表情で答えます。

「それは……そうだな。ユキの姿は、日本の基準で言えば少々不美人だからな。白い髪のせいで雰囲気も人間離れしているし、皆恐ろしいのだろう。元の姿だと、動物らしくて親しみやすいみたいだが……」

「ええ……ユキは不美人なのでございますかぁ……?」

なんだかがっかりです。

あれほど気に入っていた人の姿が、ユキは少しだけ嫌いになりました。ハルヨシさまは、どうしてわざわざそんな姿をお与えになったのでしょう。

落ち込むユキに、ハルヨシさまが取り繕うように言います。

「いや、あくまで日本の基準ではな。二重で目が大きく、鼻も高いから、イスラムや西洋で言えばユキは美人な方になると思うぞ。小さい子にもきっと懐かれる」

「はぁ……イスラムや西洋……」

海を渡ったずっと西の方にも、たくさんの国があるのだとハルヨシさまは言っていました。

かつて長い間、その地方を旅していたのだとも。

国によって美しさの基準が違うとは、人とは不思議なものです。

「ハルヨシさまは、ユキのこの姿はお好きですか?」

ユキが訊ねると、ハルヨシさまは静かにお答えになりました。

「ああ、ぼくは好きだよ」

その表情には、いろいろな感情が交じっているように見えました。

でもその時のユキは、ただ素直に喜んだだけでした。

逸脱（いつだつ）した力を持ち、いつまでも老いることのなかったハルヨシさまは、多くの人間に恐れられていました。

しかしその一方で、多くの人間に好かれてもいました。

大ざっぱな武士（もののふ）、苦労人の呪（まじな）い師、変わり者の貴族に、妙な歌を歌い続ける皇子（みこ）など、ハルヨシさまの周りにはいつも一癖も二癖もある人間が集まっていました。

ユキの前のご主人さまも、その一人でした。

ただハルヨシさまを好きなだけではなく……番いになりたかったのだということは、その時のユキにもわかりました。

もちろん、それが叶うことはありませんでした。

前のご主人さまは常命の者。それも信濃国の飯綱使いの大家、その女頭領となっていました。

ハルヨシさまではない人間の男と番い、子を産みました。

その子が子を産み、さらにその子が子を産むまで、前のご主人さまは生きていました。

飯綱使いとしては、もはや過去にも双（なら）ぶ者のない存在となっていました。

それでも、ハルヨシさまに及ぶことはありませんでした。

◆ ◆ ◆

「入るがよい」

案内された部屋の襖障子（ふすましょうじ）の向こうから、××××さまの声が響きました。

ハルヨシさまに連れられ、ユキは数十年ぶりに、信濃国の地に立っていました。

かつての館は建て替えられ、二回りほど大きくなっています。

顔に覚えのある人間はすでに一人もおらず、誰かの面影のある年若い娘が、××××さまの部屋まで案内してくれました。

「邪魔するぞ」

引き戸を開けたハルヨシさまに続いて、ユキもその板間に足を踏み入れます。

次の瞬間――ユキの全身に怖気（おぞけ）が走りました。思わず歩を止めてしまいます。

「身構えずともよい、ユキ」

置き畳の上の寝床から、しわがれた声が響きました。

「ちゃあんと、お主は例外処理されておる。もっとも、ゴホッ……他の化生が陸佰拾捌（ろっぴゃくじゅうはち）の結界を通ろうとすれば、塵（ちり）に変わることになるがの」

見ると、前のご主人さまの枕元には、一匹の茶色い管狐が佇（たたず）んでいました。

管狐とは思えないほどの、強大な力を感じます。

並みの物の怪であれば、この一匹のみで打ち倒せることでしょう。本来は管狐を複数匹用いるはずの結界を、これはただ一匹のみで張っているようでした。

「久しいな、××××」

置き畳のそばに腰を下ろしながら、ハルヨシさまは言います。

「今年は文が届かなかったから心配したぞ」

「んふ、すまぬの。もう、筆がとれなんだ……ゴホッ」

体を起こそうとする××××さまを、ハルヨシさまが止めます。

「無理をするな」

すっかり老いさらばえ、病床に伏していた前のご主人さまは、とても小さくなったように見えました。

ハルヨシさまは、そんな××××さまに笑いかけます。

「筆はとれずとも、腕は衰えていないようだな。ぼくもさすがに驚いた……まさか管狐が、それほどの力を持ち得るとは」

「陸佰拾捌（ろっぴゃくじゅうはち）のことかの？　んふ……わらわの最高傑作じゃ。もう使うことはないと思っておったが……今日はふと思い立ち、竹筒から出してやることにしたのじゃ。お主に見せてやりたくての……ユキ」

「えっ、ユ、ユキにでございますか？」

「その通り」

前のご主人さまは、皺だらけの顔に笑みを浮かべます。

「これは、お前の兄弟の子孫じゃからの」

「えっ」

「お主の血は、決して悪いものではなかったのじゃ」

ユキは、その管狐に目をやります。

ユキには全然似ていません。そもそも管狐は、血縁に思い入れを持つこともありません。

だけどユキは、それを聞いてなんだか不思議な気持ちになりました。

前のご主人さまが、ユキに問いかけます。

「わらわを恨んでおるか？　ユキ……。わらわが手ずから育ててやれば、お主も管として、力を付けることができたかもしれぬ……。さらにはハルヨシに、番いにはせぬ方がよいなどと言い……管としての生を、歪めることにもなってしまった」

ユキは、前のご主人さまへと答えます。

「いいえ。ユキはハルヨシさまにお仕えできて、幸いにございます。××××さまを恨んでなどおりません」

「……そう、か」

前のご主人さまは目を閉じ、自嘲するように笑います。

「実はの、ユキ……お主がうらやましいと、わらわはそう思うこともあったのじゃ。願わくばわらわも妖使いなどではなく、妖として生まれたかった、などと……ゴホッ、ゴホッ」

×××さまが咳き込みます。それがどういう意味なのか、ユキはなんとなくわかる気がしました。

ハルヨシさまが真剣な表情で、前のご主人さまへ問いかけます。

「……不老を欲するか？　××××。お前にならば……」

「んふ。もはや不要じゃ、そのようなものは」

前のご主人さまは弱々しい声で、それでもはっきりと言いました。

「今、若く美しい体と、永遠の命をやると言われても……んふ。蹴返してやろうぞ」

「そうか……意外だ。永遠の命は、誰もが欲しがるものだと思っていたが」

「要らぬ、要らぬわ……死ぬことこそ、人と管の生じゃ。どれほど力を持ったとて、それは変わらぬ。先は同じよ。わらわも……これもな」

前のご主人さまは、そう言って枕元の管狐に目をやりました。

そして、眉をひそめるハルヨシさまに告げます。

「陸佰拾捌もわらわと同じく、もう永くはない――すでに仔を身籠っておる」

ハルヨシさまは、驚いたように目を見開きました。

よく見るとその管狐は、少し腹が膨らんでいるようでした。

「管は仔を産むと、遠からず死ぬ。本来、もう竹筒から出す時期ではないのじゃが……今日だけは特別じゃ。番いには少々牙を剥かれたがの」

「……なぜだ」

ハルヨシさまは問います。

「管狐は、番いにしない限り永遠に生きるはずだろう。そのような優秀な管を、なぜわざわざ……」

「んふ……のう、ハルヨシ」

前のご主人さまは、静かに言います。

「生命とは元来、寿命を持たぬ存在であったと、以前にお主は言っておったな」

「……ああ。琉球の賢者が言っていた。珊瑚は一見樹木のようだが、実は小さな虫の集まりであり、それらは永遠に生きるのだと。他にも寿命を持たない生命はいるが、どれも単純なものばかりだ。人や獣も、原初の頃にそのような姿だったならば……同じく、寿命を持たぬ存在だったのだろう」

「んふ。人に短命をもたらしたという、石長比売の神話が偽りだったならば……人や獣は、自ら手に入れたことになるの。老いて死ぬという能力を」

「……」

「のう、ハルヨシ……それはなぜじゃと思う?」

前のご主人さまよりも、ハルヨシさまの方がずっと長い年月を生きているはずです。しかし今の××××さまは、若輩に世の真理を説く老賢者のように見えました。

ハルヨシさまは、静かに問い返します。

「お前は……どう思っているんだ？　××××」

「子のためよ」

前のご主人さまは、そう短く答えました。

「妖の中で、管だけが仔をなし、そして擬似的な寿命を持つ……なれば、そう考えるのが自然じゃろう」

「……そうだな」

同意するハルヨシさまに、前のご主人さまが続けます。

「親個体は、生きている限り様々な資源を占有し続ける。餌に棲処、機会に経験……なれば必然、子に回る分が減る。生みの親以上に優れた資質を持つ子であっても、体の大きく、経験を積んだ親個体には決して勝てん。優秀なはずの個体が、成長の術を失ってしまう」

「……」

「だからこそ、人や管は死ぬのじゃろう。より優れた子に、未来を託すために」

××××さまが、陸佰拾捌に目をやります。

「これが生き続ける限り、これより優れた管は生まれぬ。飯綱使いは誰もが、未熟な仔などより、実戦を経験し神通力の扱いに長けた陸佰拾捌を重用するじゃろう。仮にこれを凌駕する資質の仔が生まれたとしても、成長の機会なく埋もれるままとなってしまう」

「……」

「人も……同じじゃ。父が死に、頭領の地位を継がざるを得なくなったからこそ……わらわは真に強くなれた。己の弱さを認め、人に頼り、重圧に耐えながら一族の行く末を左右する決断もできるようになった。父が生きていれば、積むはずだった経験を……わらわが積めたからこそじゃ」

「……」

「それが、人の生なのじゃ。わらわが死ねば、未だどこか頼りないわらわの子らも、あっという間に一人前となることじゃろう……」

前のご主人さまが、おどけたような笑声を漏らします。

「んふ。どうじゃハルヨシ。わらわも少しは、小難しいことを考えるようになったのじゃ……。お主からすれば、噴飯物の素人考えかもしれぬがの」

「……いや、明察だ。ぼくもそうなのではないかと思っていた。ただ、一つ指摘することがあるな」

ハルヨシさまは、穏やかな笑みと共に言います。

「お前の子らは、決して頼りなくなどない。少なくともユキをぼくにくれた頃のお前よりは、ずっと立派だと思うぞ」

「おや、そうであったかのう？　どうも記憶と異なるが……んふ。お主が言うのじゃから、そうなのだろうの、ハルヨシ」

　前のご主人さまは、皺だらけの顔をくしゃりと歪めました。

「お主にも、いつかそんな存在が……できるとよいの。自らが死してでも、未来を託したいと思える存在が」

　それは、老練な賢者などではなく、失恋を乗り越えた娘が浮かべるような笑みでした。

　次の季節が巡るより先に、前のご主人さまはこの世を去りました。

　毎年六月、京の都では祭礼が催されます。

　弟子たちを伴い、庶民らに混じってこれを見物するのが、ハルヨシさまの恒例行事でした。

「師匠～、ねえあれ買って～」

「ん？　まったく仕方ないな」

「師匠！　あれも買って！」

「ええ、あれもか？　はは、まったく仕方ないな。今日だけだぞ？」

「もうっ、師匠！　ダメじゃないですかまたそんな無駄遣いをっ！」

周囲には見物客に混じり、物売りも多くいます。

年少の弟子たちにねだられ、いい気になってなんでも買い与え、年長の弟子に怒られるのも、ハルヨシさまの恒例行事でした。

ねだっていた弟子も、数年経つと財政的にまずいと気づいて怒る側に回るので、人とは不思議なものだとユキは思います。

「ふう。今年もこの季節が来たか、という感じだな」

賑やかな田楽法師たちの舞いを眺めていたユキのそばに、雀の串焼きを持ったハルヨシさまがやって来ました。

「今回、もしかしたら間に合わないかと思っていたが……手早く事が済んでよかった」

ハルヨシさまはつい先日まで、地方豪族からの依頼で肥後国まで赴き、物の怪退治を行っていたのでした。こういうことはたまにあり、時には海を越えて大陸まで向かうこともありました。

ユキは言います。

「たかだか海坊主程度、巣立った弟子の誰かに任せればよろしかったでしょうに……礼として宋の貴重な宝物がもらえるとあらば、喜んで行く者もいたことでしょう」

「いや、話を聞いただけでは、本当にただの海坊主かわからなかった。あの子らに任せるのは不安だ」

ハルヨシさまは弟子に甘いだけでなく、どうにも過保護なところがありました。

いいえ、過保護というよりは……ハルヨシさまにとって、弟子はいつまで経っても、小さな童のままに思えていたのでしょう。

あながち、間違っていたわけでもありません。

呪いの腕に限るならば、ハルヨシさまに迫った弟子など、ただ一人を除いて存在しなかったのですから。

ハルヨシさまは付け加えます。

「それに、ぼくでなければ今日までに戻って来られなかっただろうからな。あの子らだって、きっとこの祇園会は見たかったことだろう。さっきも遠目で何人か見かけた」

「ハルヨシさまは、この催しがお好きでございますね。ユキはどちらかというと、先々月のお祭りの方が好きなのですが」

「賀茂祭か？　なんで？」

「こちらは少々、ユキには騒がしく……それに、呪い師たちが呪符の灯りを飛ばすのを見るのが、ユキは好きなのでございます」

「ああ、あの演出か……」

ハルヨシさまは苦々しい表情をします。

「実はあれ考えたの……ぼくなんだよな。もう百年以上も前のことだけど」

「ええっ、そうなのでございますか？」

「その頃はまだ陰陽寮にいたからな。ただ、ある年の勅使が目立ちたがりのめんどくさい奴で……しかもなぜか最終的にぼくに段取りを丸投げしてきて……まったくどれだけ苦労したか。ああ、思い出しただけでイライラしてきた……」

ハルヨシさまが腹立たしげな表情をします。

ちまたでは得体のしれない、祟り神のようにも思われているハルヨシさまですが……実は少々子供っぽかったり、人間らしいところもあると、ユキは長いお仕えの中で知っていました。

「もしかしたら、陰陽寮の術士たちには恨まれているかもしれない。余計な仕事を増やしやがって……と」

「もう、そんなことはございませんよ。皆楽しんでいたのです。呪い師たちも、きっと誇らしく思っていたに違いありません。ユキにはわかります」

「ん……それならいいが」

ユキの言葉で、ハルヨシさまは少し気を持ち直したようでした。祭礼の様子を眺めながら言います。

「ともあれ、今年もこの騎馬行列を見られてよかった。治天の法皇が病に倒れてから、何やら朝廷周りがきな臭くなってはいるが……」

ハルヨシさまが、わずかに表情を曇らせます。

きっと貴族の地位にある弟子や、帝の一族である友人たちのことを案じているのでしょう。

「……まあ、じきに落ち着くだろう。来年もこうして、皆でこの景色を見られるといいな」

ユキも、そうだといいなぁー、と思っていたので、

「はい！」

と答えました。

でも――――ユキはやはり、ダメな管狐でした。

その予知が当たることは、ありませんでした。

終わりの時は、突然にやってきました。

「はは……こんな手を打たれては、さすがのぼくも為す術がないな」

屋敷の中心で、ハルヨシさまが呟きます。

屋敷の外では、稲妻が轟いていました。

恐ろしいほどの風音と共に、バラバラという音が屋根を叩きます。すでに盛夏を迎えた時分であるにもかかわらず、氷雨が嵐となって降り注いでいるのでした。

この狂った気象は、ハルヨシさまの使役する二体の上位龍によるものです。

当然、屋敷を取り囲んでいた武士たちの篝火は、もうありません。本来ならば到底、人が抗

える存在ではないのです。

それでも――あの娘の気配だけは、消えていませんでした。

ハルヨシさまに迫るほどに成長した、唯一の弟子。

瓶水を移すように、大陰陽師の術を余すところなく受け継いだ、あの子。

どんな悪いことが起こっているのか、ユキにはわかりませんでした。

どうしてハルヨシさまをあれほど慕っていたあの子が、その呪いを師に向けるのか。

どうしてハルヨシさまが、その状況をあきらめたように受け入れているのか。

ユキには、難しいことはわかりません。しかし――これから望まない戦いが始まることだけは、ユキにも理解できました。

「よりにもよって、皇位争いなどという面倒事に巻き込まれてしまうとはな。ぼくも迂闊だった。手を引いたのはあいつの息子か、それとも奴の孫か……はは、黒幕がわからなければ、呪詛も使いようがない。政治家というのも、存外にやるものだ。ははは」

ハルヨシさまは笑っていました。ユキは、急に不安になります。

このような時に、人は笑えるものなのでしょうか？

「あの子にも、もう立場というものがある。ならば仕方ない……ぼくもここまでだな」

ユキは覚悟を持って、ハルヨシさまへと告げます。

「ハルヨシさま……ユキも、お供いたします」

ハルヨシさまが死を覚悟していることは、ユキにもわかりました。

ハルヨシさまが、弟子に手をかけるなどありえません。そしてあの子は、たとえハルヨシさまと言えど、手心を加えて勝てる相手ではないのです。

「何を言っているんだ」

しかしハルヨシさまは、怪訝そうな顔でユキに言いました。

「お前は危ないから位相に入っていろ。死ぬぞ」

「し、しかしっ……！」

「勘違いするな。ぼくが滅びることはない」

「え……？」

困惑の声を漏らしたユキに、ハルヨシさまがなんでもないことのように言います。

「体は死んでも、魂は残せる。先の世にでも生まれ変わることにしよう」

ユキは、思わず言葉を失いました。

特別な資質と、偶然がなければ起こり得ないとされていた生まれ変わりの奇跡。それをハルヨシさまは、呪いによって引き起こそうというのです。

ハルヨシさまは、やれやれとでも言いたげな笑みを浮かべます。

「今生では失敗してしまったが……次の生でこそは、幸せになれるといいな」

「それはっ……」

ユキは、何か言おうとしました。しかし、うまく言葉が出てきません。

悔しい思いでいっぱいになります。ユキがもっと賢く、優秀な管狐であったならば。

「時間がない」

ハルヨシさまが呟きます。

気づくと嵐は、急激に弱まっているようでした。

結界越しに感じていた凄まじい神通力も、もはやありません。神のごとき力を持った二体の龍は、すでに封じられたようでした。

一枚の呪符がユキの前に浮かび、位相への扉が開かれます。

「来世で必ず呼ぶ。しばしの別れだ、ユキ」

ユキは、景色の歪みへと吸い込まれていき――そしてかの世界から隔てられました。

位相は暗く、なにもない場所です。

物や光どころか、時や距離すらもなく、人や獣はその空虚さに耐えきれず壊れてしまうそうです。

しかし妖や霊魂は、その限りではありません。ただ、眠りにつくだけです。人々に忘れられてしまった、神々と同じように。

まどろみの中で、ユキはだんだん悲しくなってきました。

『――次の生でこそは、幸せになれるといいな』

かの世界で――――ハルヨシさまは、幸せではなかったのでしょうか。

ユキや、××××さまや、大切な弟子たちと過ごした日々は、幸せではなかったのでしょうか。

もしもそうなのだとしたら……その原因はきっと、ハルヨシさま自身にあるに違いありません。

人にとってあの日々が、幸福でなかったわけがないのですから。

夢うつつのユキは考えます。来世でハルヨシさまは、どうすれば幸せになれるのでしょう？

いえ……ハルヨシさまは、どうしたら幸せになれたのでしょうか？

『――――お主には、恩もあるからの――――』

『助かったぜ、法師さん――――』

『法師さんのおかげだぁ、これで年が越せる――――』

『――――師匠（せんせい）！』

『お久しぶりです、師匠（せんせい）――――』

『おう、ハルヨシ――――』

『礼を言うぞ、ハルヨシよ――――』

『ハルヨシ、お前にならば――――』

『せんせー、どう？　すごいでしょ！』

『ハルヨシ。お主にも、いつかそんな存在が――』

『――』

『――あの子らに任せるのは――』

……そうだ。

ユキは気づきます。

ハルヨシさまに必要だったのは、きっと――……。

「――ユキ。ユキ」

体を揺すられ、ユキは目覚めました。

夜。ランプの灯りが照らす学園寮の一室。文机の上で、ユキは寝てしまっていたようです。

ユキを起こしたハルヨシさま――いえ、セイカさまが言います。

「そろそろ寝るから、お前も……ん、泣いてるのか？」

言われて、初めて目尻が濡れていることに気づきました。

セイカさまは微笑んで、ユキの涙を指で優しく拭(ぬぐ)います。

「なんだよ。怖い夢でも見たか？　……あっ、おい」

ユキは体を細くすると、セイカさまの髪にすばやく潜り込みました。

やれやれとセイカさまは苦笑して、灯りを消し、ベッドに入ります。

「おやすみ、ユキ」

「おやすみなさい、セイカさま」

セイカさまの髪の中で、ユキは再び目を閉じながら、思います。

あの時気づいたことは忘れていません。

だから、大丈夫です。セイカさま。

今生では必ず――ユキが、あなたを幸せにしますから。

本作品は、二〇一九年七月に小社より単行本刊行された『最強陰陽師の異世界転生記～下僕の妖怪どもに比べてモンスターが弱すぎるんだが～』を加筆修正しました。

最強陰陽師の異世界転生記～下僕の妖怪どもに比べてモンスターが弱すぎるんだが～①

2022年8月1日　第1刷発行

著者　小鈴危一

発行者　島野浩二

発行所　株式会社双葉社
〒162-8540　東京都新宿区東五軒町3-28
電話　03-5261-4818（営業）
03-5261-4851（編集）
http://www.futabasha.co.jp
（双葉社の書籍・コミック・ムックが買えます）

印刷・製本所　三晃印刷株式会社

フォーマットデザイン　ムシカゴグラフィクス

落丁・乱丁の場合は送料双葉社負担でお取り替えいたします。［製作部］あてにお送りください。ただし、古書店で購入したものについてはお取り替えできません。
［電話］03-5261-4822（製作部）

定価はカバーに表示してあります。

ISBN978-4-575-75309-7　C0193
Printed in Japan

Mこ01-01

モンスター文庫

超難関ダンジョンで10万年修行した結果、世界最強に
～最弱無能の下剋上～

1

力水
ill 瑠奈璃亜

【この世で一番の無能】カイ・ハイネマンは13歳でこのギフトを得た。しかし、ギフトの効果により、カイの身体能力は著しく低くなり、ギフト至上主義のラムールでは、蔑まれ、いじめられるようになる。カイは家から出ていくことになり、王都へ向かう途中襲われてしまい必死に逃げていると、ダンジョンに迷い込んでしまった――。そのダンジョンでは、『神々の試煉』をクリアしないと出ることができないようになっており、時間も進まないようになっていた。カイは死ぬような思いをしながら『神々の試煉』を10万年かけてクリアする。クリアする過程で個性的な強い仲間を得たりしながら、世界最強の存在になっていた――。かつて、無能と呼ばれた少年による爽快無双ファンタジー開幕！

モンスター文庫

発行・株式会社　双葉社